1

Uno

Don Estuardo de la Peña, propietario de un almacén de antigüedades lleno de reliquias con olor a viejo, cerró de un manotazo la puerta de su negocio tratando de acallar el escándalo proveniente de los altoparlantes que su vecino tenía instalados en plena banqueta. Fue inútil, el altísimo volumen de la música repercutía por todas partes. Lo peor eran los sonidos graves, don Estuardo los sentía en la boca del estómago y le provocaban un doloroso malestar en el vientre, obligándolo a cerrar temprano las puertas del negocio y descuidar la clientela vespertina. Jamás, en setenta y ocho años de atención al público, el almacén fundado por su abuelo en el puerto de Veracruz había cerrado las puertas a media tarde. Aún recordaba don Estuardo cuando abuelo lo llevaba de la mano a trabajar con él. En esa época todas las cosas relucían, pero los tiempos habían cambiado y últimamente empeorado desde que tenía como vecino al despreciable comerciante Sancho Sánchez.

Aquella mañana don Estuardo andaba que le hervía la sangre a causa de la fortísima música que emanaba de las bocinas de su vecino. Estaba tan enojado que le palpitaba la cabeza y las venitas de las sienes parecía que le iban a reventar. Tenía los ojos rojos y los pellejos arrugados de la cara se le notaban tensos, no tanto como en el cuello, adonde de veras la tensión de los músculos advertía que don Estuardo estaba furioso. ¡Estaba harto! Tres semanas de escándalo era más de lo que podía tolerar. Había recurrido a todas las amistades forjadas a lo largo de los años en el selecto círculo del Casino Español, a las relaciones y lazos comerciales de la Cámara porteña y a todos los medios a su alcance, incluyendo la llamada a un programa radiofónico de teléfono abierto, sin obtener ningún resultado favorable para su causa. Sancho Sánchez era intocable. Ni siquiera cuando llamó a la patrulla funcionó la cosa. "¡Me la pelas, viejo!" Le dijo Sancho con la cara burlona y los ojos relumbrones, negros como su alma.

Además del estómago destrozado y de la dignidad lastimada por lo inútil de sus pesquisas; un Calvario, diría su mujer, acostumbrada a esas cosas de la Iglesia; le encanijaba el hecho de que Sancho Sánchez había vulgarizado el barrio. Exhibía lencería para prostitutas y promociones de juguetes sexuales en los escaparates de su tienda, atrayendo al barrio hombres y mujeres de dudosa moral procedentes de los antros de la noche; muy lejos de la clientela habitual, mucho más refinada, que don Estuardo estaba acostumbrado a recibir en la tranquila esquina de la avenida Flores, dos cuadras abajo del mercadito de Zaragoza y una antes de llegar al mar.

Pero sobre todas las cosas estaba el asunto de la música. Lo demás, incluso la clara noctambulancia de la clientela de Sancho, podía perecerle tolerable: había visto demasiadas cosas en su larga vida. Lo que definitivamente ya no soportaba era el escándalo que a todas horas atronaba desde la banqueta. Ya no podía exhibir nada de su preciosa cristalería. La vibración la hacía añicos. Por eso, los espejos recamados con pátina de oro los tenía cubiertos con colchonetas y las hermosas copas de Bacará, las únicas que habían protestado el estruendo respondiendo con un pavoroso gemido, ahora se encontraban envueltas groseramente en hojas de periódico, adentro de una caja de cartón, como si estuvieran mudando de domicilio.

Su almacén había perdido todo esplendor, la atmósfera exquisita que irradiaban los muebles de madera refulgente y los guiños de los cristales de antaño, luciendo sus fúlgores en escaparates aterciopelados, se habían esfumado. Ahora toda la mercancía se encontraba envuelta en la grisura acolchada de un cobertor de lana arrumbado por cualquier rincón de la tienda, sin un ápice de orgullo propio, ni sello ni marca de la antigua y noble prestancia que había heredado de su padre y antes de su abuelo. Todo era gris, vacío, lánguido; ahuyentando el interés de la clientela habituada a imaginarse los objetos en un cálido rincón de la casa y no a punto de emprender una mudanza desordenada, envuelta en un empaque desolado bajo los acordes de una música sicalíptica.

Agotadas las instancias y con el negocio al borde de la quiebra, don Estuardo tomó una decisión descabellada bajo los efectos de una furia que le nubló el alma. Del cajón de una primorosa *table de nuit*, con las patas más delgadas que una garza de potrero, extrajo un antiguo revólver de acero pavonado y cachas de nácar. El arma, perfectamente conservada, relució su metálico reflejo en las pupilas dilatadas del viejo. Alzándola con cuidado, mesurando la respiración para evitar el temblor de las manos, don Estuardo abrió el tambor del revólver e introdujo en los cilindros cinco balas doradas calibre 31; cerró el cargador, puso el seguro y encajó el arma en la pretina del pantalón, del lado de su muslo izquierdo, oculto bajo el faldón de la guayabera. El único camino que le quedaba era el de la justicia propia. Esperpentos como Sancho Sánchez, adujo con verdadero espíritu de antiguo encomendero, no tenían alma ni eran dignos de piedad.

En ningún momento don Estuardo invocó a la prudencia, ahora que tenía el revólver colgado en la cintura le invadió una fría calma y hasta un cosquilleo gozoso aleteó en su alma a medida que se convenció a sí mismo, con oscuros y enredados argumentos, que la resolución a la que había llegado era una especie de predeterminación divina, algo así como un instrumento vengador de la ira de Dios. Algo así, repitió convencido, aunque en el fondo reconoció que no sabía muy bien lo que eso significaba, a fin de cuentas la de la iglesia era su mujer. Don Estuardo prefería pasar el domingo mirando los partidos de fútbol en la enorme pantalla del bar de toda su vida, donde se reunían los viejos de siempre, se comía tapas de guisos mediterráneos, se bebía tinto y se seseaba más de la cuenta, como si ayer acabaran de bajar del barco que venía de España, aunque la mayoría había nacido en el puerto de Veracruz y muchos de ellos, entre éstos don Estuardo, los recuerdos más palpables de la madre patria se limitaban a postales que enviaban los tíos y a viejas fotos familiares que habían traído los abuelos.

Antes de salir a la calle miró el cristal tembloroso del escaparate al frente de la tienda, sobreviviente inexplicable a todos los decibeles de las bocinas de Sancho. En cierto modo don Estuardo le concedía un aliento de espíritu humano. A pesar de su condición mineral reconocía en éste su férrea resistencia a derrumbarse a bocinazos y lo interpretaba como un acto de valentía y solidaridad gremial. En ese momento de resolución y a falta de otra compañía, estuvo tentado a decirle al enorme vidrio, con el afecto de un padre preocupado, que ya no temblara, que muy pronto todo iba a terminar porque él, Estuardo de la Peña, había encontrado una solución definitiva.

No tuvo que caminar mucho, Sancho Sánchez era su vecino.

El golpe de la onda expansiva del sonido le dobló el cuerpo en cuanto salió a la calle y el frenesí rítmico de tambores y trompetas le embotó de inmediato el sentido y le hizo perder la orientación, a pesar de estar a dos pasos del pórtico de su propio comercio. Esto lo interpretó como una estratagema sonora del diablo para desquiciar su mente. Sólo en el infierno a eso se le podía llamar música.

Inflando el pecho con valentía, convocando la memoria de sus hijos, nueras, yernos, nietos y esposa en busca de fortaleza; se metió sin más a la tienda de su vecino para darse de bruces con un minúsculo negligé de seda negra. Pero don Estuardo ya estaba viejo para ese tipo de inquietudes y como era un hombre de propósitos firmes, no tenía otra cosa en la cabeza más que la de castigar a Sancho. Hizo la diminuta prenda a un lado y vislumbró su objetivo, confuso entre encajes de lencería y artilugios estrafalarios para jugar al sexo.

El aborrecible vecino lo contempló con ojos desafiantes y sonrisa de mico. Sosegando el resuello para calmar el pulso, igual que hacía los domingos en el bar cuando al Real Madrid le tocaba tirar un penalti, don Estuardo desenfundó el revólver y a tres pasos de distancia, sin mediar palabra, disparó una sola bala dorada.

Dos

Cuando Sancho Sánchez vio entrar el viejo a su comercio no le dio la importancia suficiente. Acostumbrado a las reclamaciones de otras personas desde que era un chavo indefenso, descubrió el enfurruñamiento de su vecino en las venas que le inflamaban el cuello y en el ligero temblor que le sacudía los brazos. Caminó a enfrentarlo, exhibiendo la más cínica de sus sonrisas. Ya sabía que venía a reprobar el volumen de la música, pero le encantaba exacerbar el ánimo del anciano. Nomás por ser viejo le recordaba a su propio padre, un baquetón sin oficio que siempre le reprochó haber nacido y de quien sólo recordaba momentos amargos.

La sonrisa se le volvió de trapo cuando vio el reluciente revólver que don Estuardo desenfundó desde abajo del faldón de la guayabera. Quiso recular al advertir los ojos decididos del viejo. Alcanzó a dar la media vuelta con el pensamiento puesto en la pistola escondida junto a la caja registradora, pero un pedazo de plomo le impidió alcanzar su cometido. Todavía escuchó, entre el estruendo del disparo, el chasquido de la bala al hacer polvo las vértebras de su cuello. Después nada más se desguanzó, se le doblaron las rodillas y cayó de hinojos sin conocimiento. No se fue hasta el suelo porque un mueble detuvo su caída: una mesa baja con cubierta de mármol sobre la cual exhibía artilugios para el placer de alcoba, pero sobre todo la utilizaba para hacer cortes de cocaína, actividad en la que estaba ocupado cuando entró intempestivamente don Estuardo. Herido de bala quedó trompicado sobre la mesa con la cara metida en un platito rebozado de cocaína, las rodillas en el suelo y el pecho asentado en la mesa, en medio de cajas de *sexual toys*, como le gustaba decir a Sancho, quien adoraba fingir la pronunciación inglesa delante de su clientela.

La humillante postura de Sancho, derrumbado sobre la mesita en medio de sus indecencias y con la cara emblanquecida de talco (creyó el anciano), le pareció a don Estuardo un digno corolario para un payaso, un fantoche con dinero a quien consideraba lo más cercano a una rata de albañal. En ningún momento sintió remordimiento ni procuró brindarle cualquier tipo de auxilio al pobre infeliz. Sancho parecía tener la cabeza descoyuntada, con la cerviz inclinada y la grosera soberbia de su frente altiva al fin disminuida. Al contrario, verlo completamente desmadejado, inerte y a su merced; le produjo una satisfacción largamente acariciada. Casi estuvo a punto de sentarse y comerse un caramelo por si le bajaba la glucosa después de tanta emoción; pero la tarea aún no concluía, el tiempo apremiaba y faltaban cosas sencillas para darle redondez al asunto. Antes que nada apagó la música.

Para liberar toda sospecha que lo relacionara con el crimen, don Estuardo, apoyado en la experiencia de más de cincuenta años de ver series policíacas en la televisión, se le ocurrió simular un móvil para justificar el asesinato. Sin precipitarse, con una frialdad desconcertante para un hombre que nunca antes había matado ni una mosca, abrió con mano firme la caja registradora y tranquilamente se embolsó todo el dinero que encontró en ella. Después, para completar la escena de un robo convincente, levantó al azar una maleta de cuero negro, parecida a la que usaban los médicos de antaño. Se encontraba a la vista, muy cerca de donde estaba Sancho botado con la espalda manchada de sangre. Sin mirar siquiera el contenido de la petaca, la sujetó bajo el brazo y se dirigió a la salida; con la mano que le quedaba libre se despidió de Sancho en un saludo cargado de ironía.

Con la petaca de médico antiguo en las manos, acaso escogida por su diseño fuera de moda, gusto muy propio de la profesión de don Estuardo, el anticuario regresó exultante a su almacén de antigüedades. Sin disimular una gran sonrisa, escondió el maletín en un rincón polvoroso y oscuro de la tienda, no sin antes alzarla en brazos y celebrar en secretísima ceremonia (esto no lo podía contar ni a su mujer), su irrebatible triunfo sobre el "cara de mico" de su odiado vecino. Escogió como escondite una caja de madera abajo de un gobelino de caballos árabes que nunca se había vendido. El gobelino estaba ahí desde que don Estuardo tenía memoria y solamente se movía de sitio para sacudirlo. Nadie la encontrará aquí, consideró el viejo con criterio comercial. Además, no soy un sospechoso; concluyó exhalando una gran cantidad de aire por la boca, seguramente contenido en sus pulmones desde que salió del almacén con intenciones homicidas. Después, con esa enorme satisfacción todavía rebulléndole en el pecho, fue a preparar una infusión de hierbas tranquilizantes en una pequeña cafetera eléctrica que guardaba en la trastienda.

Junto a los aromas de la tisana, don Estuardo inundó la atmósfera con los dulces acordes de Vivaldi, eso sí, a un volumen sumamente moderado.

Tres

Sancho no estaba muerto. Minutos más tarde recuperó la consciencia y se dio cuenta que no podía mover ni un dedo. No le dolía nada, apenas un pequeño escozor en la nuca, parecido a la comezón que provoca el piquete de un zancudo. Sin embargo, a pesar de todos sus esfuerzos no pudo incorporarse. ¡Tenía los músculos muertos! Ni siquiera sus afanes le alcanzaron para despegar la cara del platoncito de cocaína y dejar de respirar el polvo que le acogotaba la garganta. El blanco polvo que le procuraba placer y sustento, echado a perder por su propia baba.

Había aspirado bastante y sus sentidos exaltados le exigían salir corriendo y no parar hasta llegar a la playa, apenas a cien metros de distancia; zambullirse entre las olas y ver los pelícanos grises volar arriba de los arbotantes del boulevard. Imposible, seguía botado sin poder hacer nada, de bruces sobre la mesita, con la cara metida en el platoncito. Quiso gritar, pedir auxilio, pero la cocaína le había entumecido la boca y sólo pronunció unos gruñidos de perro.

Sancho creyó que había inhalado demasiada droga y por eso el cuerpo no le respondía. Ignoraba que la bala disparada por don Estuardo le había pegado en las vértebras cervicales justo en el momento en que se agachó para sacar su pistola. Ese movimiento hacia abajo le salvó la vida, de otra manera la bala le hubiera tronchado el cuello. A pesar de todo, el refilón de plomo alcanzó aplastar las vértebras y quebrar todo el cableado nervioso que corre por la médula, dejando sin señales motrices las extremidades de su cuerpo.

Sancho había quedado parapléjico.

Si le hubieran llevado de inmediato a un hospital, con toda seguridad habría salvado la vida; quizá paralítico por el resto de sus días, porque el daño causado por el balazo era irremediable. Pero Sancho no era un hombre con suerte, su paso por la vida lo había hecho a brazo partido. A los once años de edad escapó del sucio agujero llamado casa, cansado de las palizas de su padre cada vez que el señor llegaba borracho. Nunca regresó y si tenía hermanos lo había olvidado.

Desde entonces se ganó la vida con las putas, primero haciendo mandados, luego comerciando su carne y por último vendiéndoles droga y ajuarándolas con lencería en cómodas mensualidades.

Aquella misma madrugada, sin ir tan lejos, había seleccionado, distribuido y cobrado servicios de tráfico de mujeres, destinadas a la animación de los congales porteños. Eran puras centroamericanas sin papeles. La operación se había concretado en un ramal perdido de la vía férrea, no muy lejos del puerto de Veracruz.

Una vez cerrado el trato comercial, separó un par de chicas para solazarse con ellas: dos esbeltas garífunas hondureñas de piel oscura y altas como un faro. Las condujo a su automóvil deportivo. Sin mediar palabra entre ellos enfiló a toda velocidad hacia un motel cercano. Antes se había atiborrado de viagra, porque tanto alcohol, cocaína y desveladas, le habían causado sorpresas desagradables en la cama.

Una llamada imperiosa a su teléfono móvil le obligó a cambiar de planes. No tuvo más remedio que arrumbar el par de muchachas de ojos asustados en un hotel de las afueras y salir corriendo, con la verga entumida, a cumplir las instrucciones de El Señor.

La cosa se veía sencilla. Tenía que recoger un maletín en el muelle, llevarlo a su tienda de lencería y esperar a que pasaran por él. Todo había salido a pedir de boca, excepto la inesperada visita de su vecino que ahora lo tenía en esta incómoda posición.

Una cara de ojos curiosos vino a llenar la oblicua dirección de su mirada. Sancho la reconoció enseguida, era Mercedes, la hermosa adolescente que repartía a domicilio los desayunos de la señora Lulú. Mercedes olía a cebolla y jugo de naranja, y cabrón como era Sancho, sabía que esos aromas los llevaba hasta en los recovecos.

Cuatro

Los ojos de Mercedes tienen la mirada impertinente. Sus pupilas brillan con la impúdica indiscreción de los fisgones y reflejan la luz salvaje de los depredadores. Mercedes ve a la gente como los gatos miran a los ratones: con desprecio; empinada sobre la punta de sus pies, como si todo el tiempo atisbara desde la cúspide de un tejado. Ese talante no era gratuito, tenía que ver con asuntos del pasado.

Con la insolencia propia de los gatos, Mercedes omitió todo auxilio para el hombre herido. Ni siquiera se le ocurrió salir corriendo en busca de una ambulancia; por el contrario, permaneció atornillada frente a la gravedad del asunto, mirando el cuerpo desmadejado de Sancho con morbosa curiosidad; hechizada por la mancha roja en su espalda y por la mirada de absoluta desesperación del infortunado comerciante. La chica estaba fascinada. La condición vulnerable y de irremediable entrega en un tipo que siempre presumió de ser muy macho y mano larga, le pareció una escena digna de contemplarse con parsimonia.

Inopinadamente empezó a reír. A la mitad de una carcajada fuerte y grosera, la muchacha preguntó atragantándose de risa.

- ¿Va a querer desayuno?

Después de reír un rato de su propia ocurrencia se animó a dar un par de vueltas alrededor de Sancho, observando todos los ángulos de sus circunvoluciones. Alternaba las vistas entre la sangre que manchaba la camisa del hombre y sus ojos desorbitados, implorantes de auxilio, apenas sobresaliendo el borde del platoncito donde tenía enterrada la cara y entumecida la boca babeante; incapaz de pronunciar palabra alguna.

La escena despertó la bestia que Mercedes guardaba oculta en un oscuro rincón del alma. La que no pudo ser dominada del todo. Lo declaró en una chispa salvaje de sus hermosos ojos y en la curvatura feroz de una sonrisa. La extraña maldición que durmió casi un año, regresó de golpe al oler la sangre y la maldad del espíritu podrido de Sancho. La bestia se expandió iracunda en el alma de la chica y tomó el control de su mente.

Canturreando melodías de lengua antigua, Mercedes liberó la cara de Sancho del platoncito de cocaína y lo empujó con suavidad hasta tenderlo boca arriba en el suelo. Luego, sin dejar de tararear, desnudó al hombre y descubrió el sexo enhiesto de Sancho, provocado por las pastillas que había ingerido esa madrugada.

El coito con Mercedes a horcajadas fue la última unión carnal que tuvo Sancho en su vida. No fue gloriosa, al contrario, significó una pesadilla terrorífica y lacerante; tan dolorosa, que el pobre tipo pensó que ya estaba muerto y de castigo le tocaba coger con el diablo. La muchacha, con la falda remangada hasta la cintura, se meció sobre la incongruente muestra de virilidad del malherido y sin disminuir su vaivén, descolgó de su cuello un camafeo de cristal de cuarzo, afilado al igual que un bisturí quirúrgico, en cuya empuñadura figuraba una carita sonriente de la cultura olmeca.

Mercedes apoyó la daga abajo del cuello de Sancho y sin miramiento alguno, en plena unión carnal, trazó una geometría macabra en su piel.
Con fría precisión dibujó un círculo de sangre alrededor del cuello y los brazos del infortunado hombre. Enseguida, trazó una línea rectísima a lo largo de la clavícula y luego empezó a arrancarle el pellejo del pecho, apoyando el canto de la daga sobre la carne viva para tirar mejor de la piel sin romperla. Sancho observó aterrado las cosas que hacía Mercedes con su cuerpo. ¡Lo estaba desollando vivo! No pudo más y se murió de miedo.

Mejor para él. Mercedes le quitó toda la piel del tórax, la espalda, los brazos y las piernas, trabajando con meticulosidad infatigable durante largo rato sin que nadie interrumpiera su sanguinaria labor. Le respetó la piel de la cara, los genitales, manos y pies; dejando el aspecto del cadáver con la apariencia de un maniquí anatómico de consultorio médico. Más extraño aún, porque el acentuado priapismo de Sancho no se doblegó ante la muerte. Desollado y muerto, al finado no se le bajó la verga.

Mercedes copuló con el muerto. Presa de un exaltado frenesí profanó el cadáver de Sancho envuelta en la piel del difunto. Así la encontró la policía, un rondín que patrullaba la zona vio salir un enjambre de moscas verdes de la tienda de Sancho y decidieron investigar la causa. Fue así como la encontraron en un acto de intimidad sangrienta. Los hombres se quedaron pasmados, no supieron qué hacer delante de esa escena delirante de una mujer desnuda y ensangrentada, envuelta en la piel del cadáver con el que estaba cogiendo. Olía a puro aposcaguado, dijo un policía con acento serrano pero nadie le hizo caso. Luego dijeron que uno de ellos se desmayó y le cayó azúcar; y el otro, el que tenía acento de montaña, masculló palabras en lengua incomprensible, algo así como *xipetotec*.

Fue en ese momento de incertidumbre cuando un ágil reportero de prensa, con cara de ratón, tomó fotografías de la tétrica escena. Ningún policía interrumpió su labor pues era tal su estupefacción que no atinaron a mostrar reacción alguna. El mismo reportero tuvo que llamar los servicios médicos y esperar a los ministeriales para el resguardo de la escena.

Cinco

El rubicundo señor Rodríguez, detective privado de profesión, aminoró el ocio de sus pasos para leer un anuncio de comida sobre la pizarra de un caballete de madera. Se había apeado de un taxi cuadras atrás, cerca del mercadito de Zaragoza, contento de estirar las piernas. Caminó hacia la insípida nave del mercado cubierta de azulejos color vino, desierto a esa hora de la tarde, proclive más bien a la animación matutina, cuando las amas de casa hacen la compra del día y los turistas de medio pelo acuden a desayunar en sus expendios de jugo de frutas, coctelería de mariscos y fondas de antojitos mexicanos.

Después de bordear la cuadratura arquitectónica de la nave comercial, con los pasillos desiertos y las cortinas metálicas echadas al piso, el detective tomó la calle que lleva a la mar, superó el límite rectilíneo del inmueble y caminó sobre el perímetro de una rústica cancha de basquetbol pavimentada con cemento. Saludó con aire marcial a los policías de la caseta de vigilancia que se erguía atrás de la cancha, se ajustó el sombrero para cubrirse del sol poniente y continuó su paseo sin aparentes preocupaciones, olisqueando la salinidad del aire marino con las fosas de la nariz bien abiertas. Llegó hasta la avenida Flores, cruzó el asfalto y a contra esquina, desde la convergencia de calle y avenida, observó la fachada del comercio donde varios días atrás se había cometido un escandaloso crimen.

El local de Sancho está cerrado y precintado con listones amarillos de la policía. Sobre la avenida colinda con una tienda de antigüedades y con un edificio de consultorios médicos. La tienda de antigüedades está en la esquina y abarca espacio en calle y avenida con un estilo desigual: sobre la avenida luce un enorme aparador de grueso cristal, pero del lado de la calle es una casa sombría, con lamparones de humedad en los muros ocultos por el denso follaje de un almendro selvático, cuyas ramas desparramadas hasta el suelo le guardan el flanco del impetuoso sol de las tardes. De ese mismo lado limita con un puesto de tortas y una fonda de comida casera con las paredes blancas y el anuncio del menú del día escrito en un caballete plantado a mitad de acera.

El detective cruzó en diagonal la calle y caminó hasta el caballete. Un pizarrón de tapas dobles y cubiertas negras sostenido en un trípode. Sobre la oscura superficie, escrito a tiza blanca y caligrafía de monja, leyó el menú del día: sopa, arroz, guisado, agua, postre; y el precio de la comida. Nada interesante para un paladar exigente como el del señor Rodríguez. La silueta de una mano torpemente dibujada al calce, apuntaba con el dedo índice a la puerta abierta de la fonda. En realidad era la entrada de una casa común, anodina, de paredes claras, diseño rectilíneo y una ventana grande, rectangular, cerrada por una persiana de tiras plásticas carcomidas por el sol. La fonda estaba desierta. El sol gobernaba sobre las mesas de poliuretano blanco, cubiertas por un mantel de plástico traslúcido y grueso. Deslumbrante, impío en sus reflejos dorados multiplicados por toda la estancia, el furor del sol entraba oblicuo por la puerta abierta y por las rendijas de la persiana mal cerrada.

La holgura de la habitación se limita a las medidas de la *sala – comedor* de una casa de interés social; la fonda apenas da cabida para cinco mesas con cuatro sillas en sus costados. El cuarto se alarga en el flanco derecho. Permite una escalera ancha para subir a la estancia superior y un baño bajo su hueco. Del mismo lado está la cocina, un poco más fresca porque la alzada de la escalera detiene los rayos del sol. Después de la cocina se advierte un minúsculo patio coronado por dos robustos cilindros de gas.

En la cocina, junto a una pequeña mesa de trabajo cerca de la estufa, el detective distinguió la silueta de una mujer sentada, absorta en la pantalla de su teléfono móvil.

- Ya no tengo nada de comer –dijo ella sin alzar el rostro, presintiendo la llegada del hombre.
- Ya es tarde para comer y falta rato para la cena –reflexionó el detective, afable, avanzando un par de pasos.
- ¿Señor Rodríguez? –la señora Lulú desvió los ojos del móvil con un gesto de impaciencia. En la pequeña pantalla, una actriz lloraba desconsoladamente una pérdida irreparable y ficticia.

La estampa del recién llegado con su guayabera blanca, pantalón de lino color paja; zapatos blancos de piel de cabrito, suaves y elegantes; un paliacate rojo al cuello y el sombrero de panamá coronando la oronda testa; reflejaba la esencia de la elegancia tropical. La cara morena de Rodríguez, mofletuda y de sonrisa franca, apenas disminuida por los bigotes de aguacero que cubren sus labios, despertaron en la dama una inmediata confianza.

La señora Lulú, de piel lozana y edad difusa, estacionada en un escalón arriba de los treinta y tantos; corrigió su desatención inicial en un santiamén, plantando junto al recién llegado un vaso con agua de horchata fría, al tiempo que lo invitó a tomar asiento enfrente de ella. Lucía un vestido sencillo de algodón ligero que acentuaba sus formas de mujer tropical; la prenda era de una sola pieza sisada al talle, unida por grandes botones blancos al frente que permitían entrever el nacimiento de los senos y la cara interna de los muslos. Era un vestido cómodo para trabajar en la cocina, fresco y ventilado; pero en el bien delineado cuerpo de la señora Lulú resultaba inquietante para algunos caballeros.

El detective agradeció sinceramente el refresco, bebió con placer el líquido, bajo la atenta mirada de la mujer que parecía muy nerviosa.

- Pues, usted dirá, señora –dijo para animarla, con un ligero gusto a canela en la boca después de un largo trago de horchata.
- No sé cómo empezar –titubeó la mujer, arrugó la frente y bajó la mirada para ordenar las ideas.

En la cabeza de la señora Lulú las palabras se hacían bolas y sin querer entretuvo los ojos en una fila de hormigas saqueando la azucarera de la mesa. Con la mirada terca en las hormigas soltó las palabras de sopetón en una sola hilada de voz.

- Yo soy tía de *La Peleterita* –, sentada en la orilla de la silla, ligeramente inclinada hacia el frente y con las pantorrillas tensas, parecía a punto de dar un salto al menor comentario desdeñoso. En el fondo de sus ojos oscuros brillaba la dignidad ofendida.

- Sí, lo sé –contestó el hombre calmo, sin desapercibir el carácter de los ojos negros que miraba.

- ¿Cómo lo sabe? –inquirió la señora Lulú con acritud, esperando la inevitable mención de los periódicos.

- Soy detective –respondió elusivo, abriendo las manos para subrayar la obviedad de la respuesta. Comprendía que la tipa estaba muy estresada. No es fácil cargar cierto tipo de fama a cuestas.

- Entonces está al tanto de todo lo que ha pasado –confirmó la señora Lulú sin aflojar el cuerpo. Sin embargo, su mirada reflejó alivio, agradecida por el ahorro de una larga explicación que le lastimaba.

- Sí, aunque no veo cómo yo encajo en esto. El asunto es más bien para abogados. La muchacha está detenida, ¿no es cierto?

- Está en un hospital para enfermos mentales –espetó con rencor, arrasando las hormigas con un trapo de cocina–. Es por otro asunto que le pedí que viniera – volteó hacia la puerta abierta y observó el manchón de sol con suspicacia–. Espéreme tantito. Voy a cerrar. Al fin que a esta hora no viene nadie.

- ¿Es verdad lo de la despellejada? –interrumpió con crudeza el detective antes de que se levantara.

- Si es verdad –contestó valiente, con los ojos cerrados y las pestañas temblorosas, como si le costara trabajo admitirlo o fuera muy doloroso el recuerdo.

Enseguida le dio la espalda y se fue a la entrada sin mostrar el semblante, quebrando el cuerpo para sortear las mesas de la estancia, con los ojos del detective pegados en el trasero.

- Después de lo de mi sobrina –dijo al regresar– vinieron unos tipos a exigirme dinero –tomó asiento y adelantó el torso pues ha bajado el tono de su voz al murmullo de las confidencias.
- ¿Chantaje? –inquirió el hombre, agradeciendo secretamente la generosidad del escote.
- No, dicen que el muerto tenía un dinero que es de ellos –confió la señora Lulú reparando en la mirada del detective–. Que la última persona que estuvo con el difunto fue mi sobrina Mercedes y que entonces nosotras debemos saber dónde está el dinero –concluyó mientras apoyaba la espalda en la silla con los brazos cruzados delante del pecho.

Rodríguez apuró el último trago de horchata para disimular la mirada. En la superficie de la mesa el calor de la tarde había formado un charco alrededor del vaso frío. Al levantarlo para beber, algunas gotas escurrieron del fondo del vaso y fueron a parar sobre el pantalón de lino del detective, cerca de la bragueta. El hombre observó alarmado la mancha de agua extendida sobre la vaporosa tela.

- ¡Son unos desgraciados! –exclamó la señora Lulú, ajena a las tribulaciones del detective–. Lo peor del caso es que yo no sé de qué dinero me están hablando –se retorció las manos con angustia, olvidando taparse el escote.

- ¿Le dijeron de cuánto dinero se trata? –inmediatamente Rodríguez se formó un cuadro mental del asunto. Conocía el historial de Sancho y estaba al tanto de sus negocios fuera de la ley. Ni por un momento dudó que el dinero pertenecía a los cárteles. La señora Lulú estaba en problemas, los criminales no tienen corazón cuando se trata de recuperar sus bienes.

- No –se encogió de hombros– con lo perro que se portaron conmigo, supongo que será mucho dinero –estrelló la palma de la mano contra el muslo de su pierna como si matara un zancudo.

- ¿Cuántos son? –había aceptado reunirse con la señora Lulú porque le encantaron los cálidos matices de su voz en la bocina del teléfono y porque últimamente no caía nada de chamba, pero ahora comenzaba a tener algunas dudas; lidiar con sicarios era peligroso.

- Son tres pinches chamacos como de veinte años, pero se dan unas ínfulas los muy babosos… Además son súper agresivos y brutos como ellos solos. Andan muy bien vestidos con ropa de marca, brillan de tantas joyas que llevan puestas y traen un carrote para todos lados; pero enseguida se les nota que se criaron en los arrabales. Pa' mí que son narcos.

- ¿Y usted qué les dijo? –algo no concordaba del todo, reflexionó Rodríguez para sus adentros, los maleantes no dan plazos. Tal vez no estaban seguros que la señora Lulú tuviera el dinero y únicamente la estaban presionando para ver qué podían sacarle. Lo malo es que en esas "presiones" frecuentemente se les pasaba la mano.

- Pues qué les voy a decir. Que yo no sé nada de ese dinero. ¡Se lo juro por ésta! —cruzó el índice atrás del pulgar formando una cruz con sus dedos y la besó con prontitud para respaldar la honestidad de su palabra—. Si me vinieron a avisar cuando ya la tenían detenida y no la pude ver hasta cuarenta y ocho horas después. Ya ve, con la rebambaramba que se armó —volvió a palmearse el muslo con enfado—. Luego no me podía quitar a los periódicos de encima. Que si Mercedes estaba bajo tratamiento psicológico, que si había antecedentes en la familia, que si se metía drogas… ¡Ay, no! Y aparte atendiendo el negocio —se palmoteó nuevamente con frustración—. Pero lo peor fue con esos cabrones, con el perdón de la palabra. ¡Unos verdaderos idiotas! No escuchan razones y estuvieron duro y dale con que quieren el dinero porque de seguro yo lo tengo guardado. De esa cantaleta no les saqué. ¡Malditos! —con un gesto brusco retiró la liga que sujetaba su cabello y dejó caer una melena espesa con aroma de albahaca, larga hasta los hombros.

- ¿Cuándo vinieron? —aspiró el detective con glotonería.

- Pues hoy en la mañana. ¡Malditos, mil veces malditos! —la mirada de la señora Lulú ensombreció de rencor—. Me empujaron y me agarraron las nalgas. De no ser por unos guardias de seguridad bancaria que vinieron a desayunar, quién sabe qué hubiera pasado –confesó con la voz quebrada de coraje, luego aspiró profundo para sosegar la rabia–. Lo peor de todo es que me metieron miedo. Soy una mujer sola. ¿Qué puedo hacer? Por eso le pedí que viniera. El jefe de los guardias me dio su teléfono y dijo que usted podía ayudarme.

- Señora, yo soy investigador privado, no guarura –Rodríguez mostró la palma de sus dos manos para apaciguar la protesta que estaba a punto de decir la señora Lulú–. De todas maneras le puedo recomendar algunas personas para que la protejan, por eso no se preocupe. Nada más que sería hasta mañana, mientras tanto le recomiendo que no se quede sola. Vive aquí –señaló con el gesto las escaleras– ¿Verdad?

- Sí –admitió la señora Lulú, mirando también las escaleras y por primera vez en un año se sintió sola.

Unos golpes en la puerta interrumpen la conversación y provocan en la señora Lulú un evidente envaramiento. El detective mira el miedo asomado en sus ojos y siente conmiseración por ella. En ese momento decide ayudarla, aunque sabe que no es tarea fácil lidiar con gente desalmada.

La voz resulta familiar y la señora abre confiada la puerta: se trata de Jonathan, un flacucho y sudoroso vendedor ambulante de películas pirata, que come todos los días en la fonda y últimamente le ha dado por cortejar a la señora Lulú sin éxito alguno.

Seis

Atrás de Jonathan se cuelan los tres mozalbetes que han amenazado a la señora Lulú esa misma mañana. El más adelantado de ellos empuja por la espalda al vendedor, tirándolo con todo su rimero de discos. El último de los jovenzuelos cierra con un violento manotazo la puerta tras de sí, echando el resuello de su neurosis al escote de la dama aterrorizada, anclada a un paso de la puerta.

Ninguno de los tres supera los veinte años y sus movimientos son semejantes a perros feroces y famélicos: flacos, nervudos, agresivos y drogados; con la suspicacia del erizo en la yema de los dedos y el cinismo flotando en una sonrisa torcida.

El más repelente de los tres, un lidercillo con los ojos impíos de un asesino mecánico, el cabello decolorado por el sol tropical y la piel prematuramente envejecida, se aproximó al detective con pasos eléctricos. Al verlo con la extensa mancha de agua abajo de la bragueta, el pelafustán interpretó que el gordo se había orinado de miedo y lo miró con desprecio, como si estuviera viendo un insecto panzón que no se puede guardar la mierda. Error, la soberbia le confundió las señales.

- Así que trajiste a tu querido para que te defienda –le dijo a la señora Lulú sin quitar la vista del pantalón mojado del detective, pronunciando las palabras con el acento escamoteado que distingue el habla de las villas perdidas del puerto–. Igual de botijas que tú, pinche gorda tracalera –lanzó una mirada burlona a la señora Lulú y se aproximó aún más al detective con la tiesura de una criatura mecánica de cabello rojizo. Sus movimientos se generan por impulsos eléctricos desfasados: de continuo gira el cuello nervioso, encoge los hombros compulsivamente, da saltitos y sorbe la nariz como si tuviera un moco atrapado en el conducto nasal–. Mira gordo –dijo en tono amenazante–. Mejor te largas a tragar *jochos* al malecón. Aquí tenemos que arreglar un asuntito con tu novia. A lo mejor hasta nos quiere dar las nalgas.
- Es muy temprano para cenar –respondió con frialdad el detective, consultando su reloj sin hacer caso de las carcajadas de los intrusos.
- ¡Ah! pos si te quieres quedar por mí no hay pedo –acordó *El Repelente* de pelos decolorados– pero primero te voy a enseñar quién es tu padre.

El joven delincuente se quitó el cinturón y lo enrolló por el cuero en la palma de la mano, dejando la hebilla suelta en la punta. Avanzó con resolución ondeando la hebilla en el aire y la pátina metálica brilló con el último rayo de sol de una tarde que moría.

Zumbó el cinturón con ganas de hacer daño, pero el detective evadió la hebilla de metal con un inesperado quiebre de la cintura (si a su panza se le podía llamar cintura), al tiempo que se encorvó y embistió con un cabezazo certero en el plexo solar. *El Repelente* acusó el golpe en el esternón y se fue directamente al suelo con los pulmones vacíos, boqueando como pescado fresco en cubeta de lanchero. Al ver a su líder despatarrado en el piso, el segundo intruso exhibió una navaja de resorte, mostrando con fiereza unos dientes negros carcomidos por los solventes. Se lanzó contra el detective enarbolando la navaja por delante. No llegó muy lejos, desde el piso Jonathan alcanzó a meterle el pie entre las piernas y *Dientes Podridos* también fue a parar al suelo, deslizándose como un trapeador por el mosaico hasta llegar a los pies del detective. Éste lo remató con una patada en la cara y le quebró parte de su horrible dentadura.

La señora Lulú también era de armas tomar; no de balde se crió en un rancho a orillas del río Papaloapan, donde la sangre hierve fácil y se llega rápido a las manos. Envalentonada por las circunstancias y con muchas ganas de desquitarse, levantó un florerito despostillado de la mesa más cercana y lo estrelló en la cara del rufián que la había maculado con su pestilente aliento, marcando un profundo tajo en el cachete del pandillero con los filos de la cerámica gastada.

Sin pérdida de tiempo, el detective agarró por las solapas de la camisa al malhechor que la señora Lulú venía de marcarle la cara y lo zarandeó sin contemplaciones en busca de una respuesta.

-   ¿Quién los mandó, cabrones?

El tipo no dijo nada. Las *tachas* y la impresión de su propia sangre derramada por todas partes le habían conmocionado el cerebro. Rodríguez obtuvo respuesta de una boca inesperada.

-   El Señor.

Al buscar la fuente de la voz, Rodríguez se topó de bruces con el cañón de una pistola que le apuntaba amenazante. *El Repelente* había recuperado el resuello y sostenía una pistola de calibre 38. Se veía decidido a cualquier cosa. Rodríguez no se amilanó. Al contrario, sujetó con mayor presión al chamaco que estaba interrogando y lo arrojó con inusitada fuerza contra su humanidad. Sorprendido por la rapidez de la acción y la fortaleza del detective, a *El Repelente* se le escapó un tiro e hirió la espalda de su propio compañero que se le venía encima. El estampido del disparo retumbó en la habitación y el estruendo se llevó a la señora Lulú hasta los días cuando metieron a su papá en la cárcel por andar pescando con dinamita.

Fue la debacle de la familia y la precipitación de la boda con el estúpido de su ex marido, un bueno para nada con dinero que hizo de su vida un infierno y de su alma un animal herido, hasta aquella tarde que decidió mandar todo a la chingada e izar las velas de la soledad inflamadas por los aires de su independencia. Un año tenía de eso y más de uno de estar sin varón y ni pensarlo siquiera, hasta que llegó el detective con el sol de la tarde y le agrandó sin querer las pupilas.

Ajeno a los recuerdos de la señora Lulú, Rodríguez desenfunda su arma: una opaca Glock de cerámica que lleva escondida bajo el faldón de la guayabera y ahora apoya en la sien de *El Repelente*.

- No hay pedo –dice y tira la pistola al suelo– Chíngame si quieres – abre los brazos en cruz y esboza una sonrisa– pero atrás de mi van a venir otros. El Señor no perdona y tiene mucha gente para recuperar lo que es suyo.
- Largo de aquí –musita el detective con la voz cansada después de tanto esfuerzo.

Sin dejar de apuntarle a la cabeza, con gesto imperioso le indica la salida.

Siete

Xavier Alegría, comandante de la policía intermunicipal, miró con malsana curiosidad el desfigurado rostro de Ana, una prostituta de busto exuberante abandonada a la orilla de un manglar después de recibir una salvaje golpiza. Antes de que el sol despuntara un pescador de estero la encontró en la cuneta de la carretera que corre al borde de la playa. El despavorido hombre corrió a pedir auxilio a la casa más cercana, espantado por los coágulos de sangre que la chica arrojaba por la boca cada vez que trataba de hablar. Los muy canallas le habían rajado la lengua jalando el *piercing* que ahí tenía con unas pinzas de electricista. Se la dejaron como la de una serpiente: partida en dos. Meses más tarde, Ana se convertiría en la reina de la felación de todos los prostíbulos porteños, gracias a las características bífidas de su apéndice lingual que aprendió a manejar con gran maestría.

El comandante Alegría era de entendederas cortas y ambiciones largas. Se había criado en los llanos de Sotavento y tenía la estampa de un caporal de rancho. Alto, fornido y de piel oscura. Años atrás, un pariente del terruño lo había metido en la policía porteña y recientemente lo habían ascendido a comandante: su sueño dorado; no tanto por la vocación de servicio que en él era parca, si no por las ganas de fregar a los demás y los exiguos escrúpulos con que acompañaba estas exigencias. Xavier Alegría tenía el alma podrida, las manos dispuestas para el maltrato físico de los más débiles y los parpados muy flojos, propensos a cubrir sus ojos cuando la nariz olfateaba dinero.

Fastidiado por el desvelo de la noche fustigó de mala forma a la chica, con ganas de apresurar los trámites, olvidando deliberadamente su carácter de víctima y las heridas que mostraba en cara y cuerpo. Sin asomo de piedad, interrumpió la asistencia médica que Ana recibía y la arrastró, con la luz muy tierna del amanecido, bajo la fronda de un tamarindo cercano; a pesar de las protestas de los paramédicos cuyas vestimentas blancas refulgían bajo un cielo pintando de rosados y azules cursis.

La arrimó contra el rugoso tronco del árbol y entre los vapores del alba la interrogó, convencido de que la chica era basura. Fingió una burda condescendencia por la golpiza artera que le habían propinado (y que sin duda se la había buscado); incluso le pidió una disculpa por apartarla de las curaciones médicas, alegando la relevancia del factor tiempo en estas situaciones. Le sugirió cooperar y decir lo que supiera, acariciando su cabello con falsa amabilidad. La chica no contestó nada, estaba seriamente lastimada y parecía a punto del desmayo; además no paraba de sangrar por la boca. Al comandante Alegría le picaban las manos por zarandearla, a fin de cuentas era una puta, justificó para sí preso de impaciencia, ávido por largarse de ese páramo solitario. El cambio de turno ya había pasado, confirmó mirando la carátula de su reloj, pensando en llenar rápidamente el formulario del parte policial para poder ir a dormir a su cama.

Tratando de evitar que la chica se desvaneciera en sus brazos, la sacudió con violencia y le enterró los dedos, gruesos y callosos, en las paletillas. Ana escupió lo que sabía, no era para menos. Además del dolor inmisericorde en la espalda, se topó con las pupilas opacas del comandante Alegría, comprendió que había saltado de la sartén al fuego y ahora necesitaba poner todo su empeño para salir lo mejor librada del problema en que estaba metida.

Con una dicción horriblemente deformada por la condición lastimosa de su lengua partida en dos, Ana se esforzó tanto en la pronunciación de sus palabras, que al hablar salpicó de sangre la camisola del comandante–. Un millón de dólares –dijo trabajosamente. Enseguida, apremiada por la enorme necesidad de ahorrar palabras, ordenó su confesión en una especie de resumen periodístico. Explicó de manera concisa, que el difunto Sancho tenía un millón de dólares propiedad de El Señor y ahora el dinero no aparecía por ninguna parte. Sus cobradores, unos chamacos todos enjoyados, andaban desatados por las calles del puerto en busca del dinero perdido y estaban madreando a todas las clientas del muerto, pensando que alguna de ellas lo había escamoteado.

A Xavier Alegría no le gustó lo que escuchó.

El Señor era un poderoso narcotraficante, dueño de cuerpos y almas, con el que uno tenía que andar con pies de plomo. Más de un Mando de las policías municipal, estatal y federal, le rendía cuentas; además, sus vuelos en la política nacional eran altos. El Señor era intocable. La mayor parte de los policías se hacían a un lado con la sola mención de su nombre y preferían hacer la vista gorda que emprender cualquier acción que pudiera importunarlo. ¡Mucho más si se trataba de un millón de dólares!

La primera reacción de Xavier Alegría fue darle carpetazo al asunto y mirar para otro lado. Algo que por cierto sabía hacer muy bien, máxime si la víctima era una mujerzuela de la calle–. ¡Déjeme ir! –suplicó la muchacha repentinamente, temiendo que los enfermeros se fueran sin esperarla. Lo dijo justo en el momento en que el comandante Alegría se iluminó con una idea verdaderamente inspiradora: El crimen de Sancho estaba más o menos resuelto con la loca asesina recluida. Lo del balazo se había mantenido en secreto porque nadie sabía quién se lo había dado y era más cómodo echarle la culpa a Mercedes. Abrir cualquier rendija en el caso de Sancho, provocaría un nuevo alboroto en la prensa y un serio disgusto en los altos mandos policiales.

Esta eventualidad le proporcionaba una oportunidad invaluable. Podía hacer una investigación discreta por su cuenta y encontrar el dinero perdido. No le interesaba la plata, aunque era mucha. Supuso, con justa razón, que si él era capaz de encontrar al que había robado el dinero, tarde o temprano otros seguirían sus pasos y darían con su paradero por mucho que quisiera esconderse. No, Xavier Alegría vio una oportunidad de oro para ingresar a las Grandes Ligas. Si lograba prestar un servicio a El Señor, si lograba recuperar el dinero y entregarlo en propia mano al poderoso capo, seguramente lo recompensaría con una oferta de negocios. ¿Te imaginas? –se interrogó en silencio– ¡Devolver un millón de dólares!

Con la cabeza llena de fantasías sobre futuros negocios a la sombra de El Señor, el comandante Alegría se desentendió de Ana. Sin preocuparse siquiera por llevarla de regreso hasta la ambulancia, se fue de prisa con la sirena abierta y las luces de la torreta encendidas. Directo a la Comandancia. Quería consultar el expediente de Sancho antes de irse a descansar. En el parte policial escribió: Riña de meretrices. Por supuesto, ninguna palabra de lo que Ana había confesado.

– o –

El cubículo de Xavier Alegría era minúsculo, apenas si daba cabida a su humanidad. Grande, musculoso, de cabello crespo; era más fácil imaginarlo sentado sobre un caballo arreando vacas y no en la desvencijada silla de un escritorio que amenazaba con desplomarlo a cada instante y le raspaba las rodillas con las manijas de los cajones cada vez que movía las piernas. A esa hora de la mañana las oficinas estaban vacías y pudo apropiarse discretamente del expediente de Sancho sin el mínimo alboroto.

Sancho Sánchez –leyó en unas hojas manoseadas– era un pájaro de cuenta con ingresos al Tutelar de Menores desde los once años de edad y un rosario de pequeñas condenas que incluía el lenocinio y el tráfico de estupefacientes a pequeña escala. Sancho era divorciado, tenía dos hijos menores y su ex mujer le odiaba tanto que cuando le presentaron el cadáver para identificarlo le escupió la cara y le negó el entierro familiar condenándolo a la fosa común; previa estancia en la sala de disecciones de la escuela de Medicina, donde hizo leyenda su miembro erguido más allá de la muerte.

Sancho Sánchez vivía de las mujeres, comerciaba con sus cuerpos, les vendía lencería en abonos y las atiborraba de drogas. El dinero que andaban buscando seguramente era ganancia de la venta de las drogas – concluyó Alegría, que para eso si le alcanzaba la inteligencia–. Sancho pertenecía a la red de El Señor, todo lo que fuera droga y prostitución en el puerto tenía que ver con tan poderoso caballero. Nada se movía sin su autorización, mucho menos una operación que implicaba tanto dinero. Seguramente Sancho era de las confianzas de El Señor y hasta ahí le quedaba claro el asunto. Luego venía lo complicado.

La autopsia reveló que Sancho había recibido un balazo en las vértebras cervicales, probablemente antes de ser desollado por Mercedes.

Después de la acometida de reporteros de toda especie por el espectacular asesinato de Sancho, lo que menos deseaba la corporación policíaca era informar que además el muerto tenía un balazo en el cuello y nadie sabía quién se lo había propinado. La bala no era de cualquier calibre, le decían 31 larga y los expertos afirmaron que correspondía al modelo de un antiguo revolver de finales del siglo XIX.

Por otra parte, las pruebas periciales aplicadas a Mercedes indicaron que ella no disparó el arma y en la teoría de los hechos, los investigadores supusieron que desolló a Sancho después de recibir el balazo, aunque nadie podía afirmar si para ese momento el difunto seguía vivo o ya estaba muerto. Pero, ¿por qué lo despellejó? ¿Por qué la habían encontrado fornicando con el muerto, envuelta en la piel que ella misma le había arrancado? – Se devanaban los sesos los criminólogos, tratando de encontrar una respuesta – ¿Cómo encajaba ella en todo el asunto? –. Hasta ahora la adolescente sólo había contestado vaguedades y algunas alusiones a una especie de culto secreto. Tenía la mirada perdida, lloraba mucho y entre su llanto decía que todo era culpa de un chaneque.

Con las mismas preguntas en la cabeza que todo el mundo policiaco se formulaba, el comandante Alegría hojeó interesado el expediente de *La Peleterita* ¡Vaya nombre con que la habían bautizado los periódicos! Y no era para menos, en la documentación de Mercedes había un sobre con las fotos del despellejado y cada vez que las miraba se le revolvía el estómago.

Una gota de sudor le resbaló por la nariz y cayó sobre el reporte psicológico de Mercedes, exactamente donde estaba escrito con letras mayúsculas y tinta roja: Psicosis precoz y Esquizofrenia severa. Para el médico legista que la había examinado, Mercedes estaba completamente loca y no tenía consciencia y mucho menos remordimiento alguno del crimen que había cometido. Era un caso clínico sin reveses. El comandante secó de un manotazo sus propias humedades que manchaban el papel y luego aventó con gesto agrio el fólder sobre el escritorio. Empujó el sillón para atrás todos los milímetros que podía despegarse, se incorporó de un solo impulso y a zancadas fue a pararse abajo de una rejilla de aire acondicionado. Necesitaba despejarse la cabeza.

Abajo del chorro de aire frío Alegría organizó sus pensamientos.

La clave está en el revólver, conjeturó, es cosa de ubicar al propietario del revólver aunque también eso representaba un problema. Casi todos los rancheros de la región tenían armas y muchas de ellas eran viejas, herencias familiares que habían pasado por las manos de varias generaciones, por lo que cualquier campirano podía haberle disparado. Sancho había lastimado a mucha gente, tenía muchos enemigos y muchas facturas por pagar. Incluso –se atrevió a pensar– el agresor no era un profesional. ¿Acaso había de por medio un marido ofendido? ¿O tal vez un hermano con el honor lastimado, a quien Sancho ofreció dinero para conservar la vida? Y le quitó la vida y se llevó el dinero. O, ¿había sido a propósito? Una pista falsa para mirar para otro lado. ¿Tal vez alguna banda rival? No, era poco probable que alguien se atreviera a retar a El Señor… ¿Y la tía? Mercedes vivía con una tía, recordó y hojeó de nuevo el expediente para consultar la dirección. Quizá fuera apropiado hacerle una visita. A ver qué podía sacarle.

Ocho

El tramo de asfalto que corre a la altura del Club de Yates es un bostezo. El tráfico disminuye notoriamente después del embarcadero de la Marina Armada. Los autos prefieren dar la vuelta antes, porque metros adelante el boulevard termina abruptamente sin explicación alguna.

Frente a la bahía todavía se erigen algunos edificios de antiguo esplendor en completa decadencia, con los ventanales de fierro llenos de orín y la pintura de sus paredes arruinada por el salitre. Estas mansiones herrumbrosas sobreviven fraccionadas en cuartos de hospedaje y locales comerciales, pero con la dignidad intacta y los muros estoicos resistiendo los mordiscos de la mar cuando se encuentra embravecida.

En el salón recibidor de una de esas casas grandes de aspecto descuidado, amueblada con vetustas mecedoras de urdimbre floja y desvencijada, la señora Lulú enjuga una lágrima con ademán furioso. No quiere que la vean así y oculta el rostro fingiendo mirar a través de la ventana los transeúntes que se quitan la fatiga del calor con la brisa marina de la noche, desparramados en las bancas de la amplia acera que lindera la costa, bajo la luz amarilla del alumbrado público.

Atrás de ellos la mar es una negrura que se rompe regularmente por el haz luminoso del faro de la Isla de los Sacrificios, oculto a su vista por el edificio de la escuela de Marina Mercante. A cambio, tiene frente a ella el guiño incansable de las boyas con sus pequeñas luces rojas y verdes; señales sembradas en la masa de agua para indicar los raíles de los barcos.

Cerca de ella, desde su costado interno, el detective platica amenamente con un matrimonio de ancianos. Son los dueños de la casa en que se encuentran. Rodríguez le ha conseguido una habitación para pasar la noche. Flaco consuelo. A la señora Lulú se le acaba el mundo. De la noche a la mañana se ha derrumbado lo que tanto trabajo le costó construir. Muchos meses de esfuerzos tirados por la borda. ¿A poco esos facinerosos no van a regresar a buscarla? Ni modo que se quede todo el tiempo escondida y sin poder ir a trabajar ¿De qué va a vivir?

De pronto, como si el tiempo no tuviera ilación lógica de las horas, se descubre completamente sola dentro de una tina de porcelana gastada, desnuda e inmersa hasta la barbilla en agua tibia. El traste está plantado a cuatro patas: garras de león encajadas en un suelo de cemento basto, justo a la mitad de una espaciosa habitación con las paredes forradas de azulejos verdes. La tina de aspecto antiguo, como todas las cosas de la casa, resulta reconfortante y apropiada para mitigar los estragos provocados por las situaciones extraordinarias en las que se ha visto envuelta, cuyo fatídico desenlace la ha convertido en una exiliada de su propia casa.

La sala es enorme y la acústica de las llaves goteando le recuerda las madrugadas de lluvia cuando se encharcan los potreros. El agua tibia de la tina abre los poros de su piel y le provoca un sudor que escurre y se confunde en las mejillas con lágrimas de aflicción–. ¿Regresar al rancho? –barajea sus escasas posibilidades– ¡Ni loca! –Preferible morir de hambre a la humillación de volver con las manos vacías… Tan bien que estaba, recuerda, pasando un tul empapado de espuma por el rostro–. Y todo por acoger a mi sobrina –se reprocha arrugando la tela, todavía sin entender en qué momento las cosas salieron de control– Pinche chamaca –y se da cuenta de que a pesar de todo no la odia. No se arrepiente de haberla acogido, de estar con ella desde el primer momento en que empezó el problema, sobre todo porque tenía que ayudar a su hermana. Lo de Mercedes era causa perdida, lo supo desde que la chamaca sufrió *su percance*, pero nunca pensó que las cosas llegaran tan lejos ¿Quién hubiera podido adivinarlo? Cuando la tomó a su cargo, a pesar de todo lo que ya había pasado, no se imaginó que las cosas llegarían a tanto… y en el pueblo le iban a echar la culpa de todo, de eso estaba segura. Si no le perdonaban que se hubiera divorciado, si todo mundo se santiguó cuando proclamó su independencia y hasta la fecha la miraban como animal raro las contadas ocasiones en que se dejaba ver; con toda seguridad le iban a colgar el sambenito del escandaloso crimen cometido por Mercedes; y lo que menos podía permitir era darles la satisfacción de verla derrotada. Tan airosa que había salido del pueblo.

Ya de por sí traía broncas con el marido. Todo porque no quedaba embarazada. Luego, el muy estúpido se enredó con una fulana de las afueras del caserío. Esa mujer le sorbió el poco seso que Dios le había dado, lo subyugó a su lecho y a sus caprichos, hasta orillarlo a mudar de domicilio y de obligaciones conyugales; pues como le anunció en la fresca de una mañana, la dejaba por la otra, porque aquella si le iba a dar un hijo. Pobre pendejo. Lo que el idiota no sabía era que ella se había hecho una prueba de fertilidad en una clínica prestigiada de Veracruz, una ocasión que acompañó a su hermana a resolver unos pendientes. Los resultados fueron positivos. El estéril es su marido, le dijo el médico. Y el muy ufano, calienta panochas, se iba con otra vieja porque ella si le daría un hijo. ¡Cornudo! Apenas iban a vivir juntos y ya lo tenía engañado, esperando un hijo de semilla ajena. Ahí te lo regalo, le dijo a la fulana una noche que la encontró afuera de la tienda, la víspera de que el pueblo se volviera loco y Mercedes desapareciera.

Delante de los malos recuerdos de su ex marido la señora Lulú golpea el agua de la tina buscando palmearse el muslo. El líquido le salpica la cara y le produce un desconcierto momentáneo: ha olvidado el lugar en donde se encuentra. Sonríe por la sorpresa y en ese momento decide parar las lágrimas. Suspira hondo renovando el aire de los pulmones, luego se estira toda, sumergida hasta los ojos en el agua tibia.

Frente a ella, en la parte superior de la pared se abre una ventana larga y estrecha por donde se mira el cielo y la luz del faro cada vez que da la vuelta. No hay estrellas en la noche y el recuento de los daños se la lleva por la oquedad del muro hasta el día en que se perdió Mercedes.

Nueve

"La Vía Jarocha". Así la llaman los encargados de logística aérea de los cárteles de droga. Está considerada una ruta segura porque ese tramo de cielo lo protege El Señor con todo el peso de sus influencias. El tráfico de avionetas era incesante. Se internaban desde la frontera de Tabasco y Guatemala, sobrevolando de noche la espesura de la selva, apenas arriba de la copa de los árboles, hasta llegar al esplendor plateado del río Papaloapan. Ahí tuercen hacia el oriente siguiendo la corriente de sus aguas, buscando la mar y las lanchas rápidas que aguardan más al Norte, pegadas a la costa de Tamaulipas.

A veces se ofrendan tributos a la incómoda suspicacia de la opinión pública, para que la ley brille en los noticieros estelares de la noche y las cosas sigan igual que antes. Por eso *a uno* le señalaron la nave, lo pusieron "de pichón" con un cargamento apetitoso y avisaron a los Federales. Muy pronto, dos aeronaves veloces con escudos oficiales le dieron alcance cuando cruzaba la frontera sur de Veracruz, sobre la extensa foresta de Las Choapas, una selva tan tupida que todavía viven monos aulladores en sus árboles y las tarántulas son más grandes que la mano extendida de un campesino. Desde esas latitudes de calor y selva, el sorprendido piloto los trajo pegados de cola y tuvo que volar a saltos de borrego por si le soltaban la metralla. Escuchaba todo el tiempo amenazas en la radio y descripciones detalladas de cómo le iban a romper la madre, pero los Federales se toparon con un tipo bragado. Ni caso les hizo el aviador y en cuanto pudo se les despegó aprovechando la accidentada topografía de Los Tuxtlas y los tornillos de aire que se forman en sus montes, cuando se encuentran las corrientes tibias del golfo y las más frescas que bajan de las montañas. Se internó entre los cerros, volando bajo y a gran velocidad, hasta disolverse en la espesura de la neblina que reina siempre en sus cañadas. Fue una pérdida de tiempo, de cualquier modo tenía que enfilar hacia el río Papaloapan, era el camino más corto para ganar la costa y después de tanto zigzagueo le estaba mermando el combustible.

Volando sobre el Papaloapan lo volvieron a alcanzar. Se había elevado para esconderse en unos cúmulos de nubes que no le apartaban de su ruta, pero la trampa le salió al revés; ya lo estaban esperando en la niebla. Le salieron de costado haciendo disparos de advertencia, brillantes chispas malignas en la bóveda del cielo nocturno. Con la adrenalina escurriendo por atrás de las orejas, el piloto se tiró en picada buscando el curso del río. Bajó a ciegas apretando el culo y los dientes, aguzando la vista hasta que le dolieron los ojos. El reflejo de una luna creciente le advirtió la proximidad del río y por poco embarra la nariz en la rumorosa corriente si no reacciona con presteza para enderezar la nave en una maniobra temeraria. El forzado viraje hacia arriba hizo crujir la avioneta. El fuselaje se estremeció con tronido de huesos rotos y aventó remaches de plomo caliente al río. Aflojó la estructura de la nave y soltó las amarras de la carga prohibida que transportaba, al degollarse las cuerdas que la sostenían.

Por un palmo salvó el río, acaso las llantas de la aeronave alcanzaron a rozar el cuerpo de agua antes de elevar el curso de la nave. Maltrecho y todo, pudo continuar el viaje volando con el avión en muletas, apenas unos centímetros arriba del ancho río y siguiendo las sinuosidades de su cauce rumbo a mar abierto. Nunca le dieron alcance, los perdió a la salida del sol que pegaba de frente, confundiéndose entre los reflejos de la cresta plateada de las olas.

De nada le sirvió, dos semanas más tarde el piloto apareció muerto en una playa apartada. Tenía un balazo en la cabeza. De todas maneras ya le habían colgado la etiqueta de "pichón". Además faltaba un bulto del cargamento. No se dio cuenta que cuando zangoloteó la nave uno de los bultos cayó en las proximidades de un caserío, en la verde explanada de un campo de fútbol.

Abajo, en el pueblo de la señora Lulú, nadie vio el paso de las avionetas ni sus acrobacias aéreas en esa noche de media luna. Todo mundo estaba muy ocupado con los festejos del día siguiente en honor a la enfermera obstetra Julia Martínez, primera nativa del pueblo que alcanzó un grado de estudios profesionales y dadora de luz a más de la mitad de los habitantes de esa olvidada ribera poniente del río Papaloapan. El homenaje se llevaría a cabo en la Casa del Campesino, una gran explanada de cemento liso cubierta por un techo altísimo de asbesto. Doña Julia era muy apreciada por el pueblo y admirada por su tesón y humanismo. En las arduas faenas de la salud pública visitó durante muchos años las casas más apartadas de la comunidad, desparramadas a lo largo de un llano de exuberancias tropicales. Por años la vieron montada en un viejo Volkswagen sedán verde, con salpicaderas oxidadas y una tos crónica en el carburador, rodando infatigable sobre crecidas, vados, brechas, veredas, lodazales, piedras y despeñaderos; sin dejar nunca a una parturienta con el chamaco atravesado, a un macheteado sin sutura y transfusión; o a un escuincle con "seguidillas" sin el suero goteando al brazo y la dieta correspondiente escrita en un papel de estraza.

A doña Julia le gustaba reír, tenía la mirada de águila y la gente la trataba con una mezcla de íntima vergüenza y un profundo respeto por su vocación humana. A casi todos les conocía los genitales y a los que no había traído al mundo cuando menos les identificaba por las nalgas, pues hubo una época en que era la única en la región que sabía inyectar y poner transfusiones de sangre. Venía de cumplir ochenta años y como esa edad parecía excesiva a la gente del pueblo, decidieron hacerle un homenaje de reconocimiento por su desinteresado apoyo a la comunidad, antes de que se les fuera a morir de vieja. El festejo pintaba para grande pues se dio cita a mucha gente de las riberas, gente que doña Julia había traído al mundo o había salvado con sus inyecciones y cuidados. Se preparó un gran programa que incluía honores a la bandera, un discurso del Agente Municipal, bailable folclórico a cargo de los alumnos de la Telesecundaria, un emocionante partido de fútbol entre las aguerridas escuadras de cada ribera del río y un suculento banquete para el que se aliñaron trescientas mojarras, se cocieron un sinnúmero de tamales de carne de cerdo envueltos en hojas de plátano y se avituallaron con ochenta cartones de cerveza y muchos litros de aguardiente de caña.

Andrés, el borrachín del pueblo, bebió esa madrugada dos dedos de aguardiente para quitarse el ansia de encima; quería estar lúcido, pues le habían encomendado encalar las marcas del campo de fútbol y deseaba trazar las líneas lo más derecho posible para que nadie se fuera a burlar de él. Fue el primero en llegar esa mañana a la cancha y como vivía en la ribera opuesta, desde su cayuco avistó el costal que se había caído de la avioneta, pendiendo de una horqueta de palo mulato a la orilla del río.

Andrés creyó que era la cal para marcar el campo y con mucha diligencia procedió a descolgarlo, trasvasó el polvo blanco del costal, muy apretado para su gusto, adentro de una cubeta y empezó a marcar la cancha auxiliado por un rústico cernidor, que el mismo había fabricado con una lata agujereada del fondo, amarrada a un palo de escoba vieja. Eso sí, le pareció muy fino el granulado de la cal y también muy ligera al viento, pues al llenar la cubeta se formó una nube de polvo que le envolvió como si alguien le hubiera arrojado talco a la cabeza. El polvo resultó un poco amargo al gusto y ligeramente hostigoso, no obstante Andrés no reparo mayormente en ello y empezó a pintar la raya del campo, envuelto en una fina nube de polvo que se desplazaba sobre su cabeza conforme avanzaba la tarea. De repente le dio mucha risa y tuvo un acceso de energía impresionante para sus años y su deplorable condición física minada por el alcohol. Andrés trabajó con más vigor que nunca en su vida y mientras lo hacía reía a grandes carcajadas. Risas que nadie escuchó, porque a esa hora de la mañana ni el sol se animaba todavía a bien salir.

El buen Andrés trazó las líneas del campo ignorando por completo que estaba pintando enormes rayas de cocaína pura, cuyo valor comercial en las calles neoyorkinas le hubiera financiado la construcción del estadio entero en ese apartado rincón del mundo. Pero el hombre no estaba para sospechas, lo que le apuraba era terminar el estampado del campo para ir a beber un cuarto de aguardiente antes de que le regresara la temblorina. Cuando se dio cuenta casi había terminado, le habían agarrado unas premuras de quien sabe dónde y todo lo había hecho a la velocidad del rayo con una sonrisa bailoteando en la cara.

Lo único que faltaba era completar el círculo central de la cancha, pero cuando estaba a la mitad de esa última tarea le dieron unas imperiosas ganas de defecar como nunca antes había sentido. Dejando el círculo inconcluso, semejante a la llave que abre el paréntesis, se fue atrás de los matorrales para aliviar el vientre, sintiendo una repentina desazón en el pecho. Tardaron dos días en encontrarlo. Estaba muerto con los pantalones abajo y una mueca en el rostro que tal vez fue su última sonrisa. Doña Julia diagnosticó un infarto producido por tanta bebedera, aprovechando la circunstancia para mirar a los hombres con severidad, pues el desgarriate que se armó el día del festejo se lo atribuyó sin más a los ochenta cartones de cerveza y los muchos litros de aguardiente que entre todos alegremente consumieron.

Cuando esto pasó la señora Lulú todavía vivía con su marido, aunque ya estaban muy distanciados. Apenas si se dirigían la palabra durante el día y por las noches, cuando no se iba a la otra casa, se daban la espalda en la cama y ella se envolvía en la sábana como una crisálida. El hombre pasaba cada vez más tiempo con la otra fulana sin esconderse de nadie y el escándalo corrió como el río en crecida por todos los rincones del pueblo. La señora Lulú sintió una ofensa tan profunda que la herida le traspasó el alma y laceró su carne como si la hubieran sumergido en una poza del mar llena de medusas. Su madre y su hermana le suplicaron que cerrara los ojos, que se hiciera de la vista gorda, porque al fin y al cabo ella estaba bien casada y los caprichos de los hombres tienden a ser pasajeros; pero la dignidad de la señora Lulú no estaba para esas tolerancias y fue ese mismo día, cuando quitaba las espinas de la mojarra que estaba comiendo, que le pidió el divorcio a su infiel marido. El otro ni caso hizo, tenía los ojos vidriosos y se agitaba con el mismo frenesí y la misma bulla de todos los que habían estado en el campo de fútbol presenciando el partido.

La señora Lulú no fue al juego, junto con otras mujeres se quedó en el pueblo ultimando los detalles de la comida, llenas de prisa porque la hora se les venía encima y los convidados habían superado la mejor expectativa de asistencia. Apenas reventó el hervor del arroz cuando todo el mundo ya estaba de regreso. Se quedaron pasmadas. Llenas de sorpresa con la animación que traía la gente. Parecía carnaval. Hombres, mujeres y niños danzaban como locos, vociferaban con gran excitación y arrojaban risotadas al aire por la mínima simpleza, acompañando sus risas con gesticulaciones más propias de un chango arriba de un árbol de zapote y no de los modales adecuados para la gente decente.

La cosa no era para menos, los jugadores habían puesto todo su corazón en el encuentro de futbol y las barridas en las líneas blancas habían sido harto viriles, arrancando el pasto y sacando nubes de polvo de cocaína a cada disputa del balón. Pronto todos terminaron envueltos en una bruma ingrávida que tardó mucho tiempo en asentarse, tornándose jugadores y espectadores cada vez más extrovertidos, distraídos y dicharacheros, a tal grado que jamás persona alguna recordó a qué hora terminó el partido ni el marcador con que concluyó la justa deportiva.

Aunque el marido no le hizo caso, la decisión de la señora Lulú estaba tomada y el resto de la fiesta se la pasó ensimismada tratando de organizar su futuro. No se dio cuenta a la hora que se abrió el fandango ni de las porras que le echaron a doña Julia cuando subió a zapatear a la tarima o los aplausos que cosechó un Repentista que ahí mismo le compuso unas coplas encomiosas por el celo de sus servicios médicos a lo largo de los años. Acaso le llamó la atención la enjundia que los jaraneros le pusieron a la música, sobre todo cuando se percató que la Bamba duró más de una hora sin que nadie diera muestras de fatiga.

Esa misma tarde se perdió Mercedes, pero nadie se dio cuenta de su ausencia hasta la mañana siguiente. Hoy era día de fiesta, después llegó la consternación.

Diez

A ciencia cierta nadie supo en qué momento se perdió Mercedes ni cuáles fueron las causas directas de su desaparición. No faltó quien especulara que tal vez se había ahogado y entre los pescadores organizaron con lanchas y cayucos una batida río abajo para ver si encontraban el cuerpo. Los cazadores por su parte la buscaron con sus perros flacos en el monte, porque unos niños dijeron que la habían visto columpiándose en la soga colgada a un inmenso jonote en los linderos de la foresta.

Durante una semana batieron río y tierra infructuosamente; los más osados se internaron tres días en la selva y nomás regresaron con un lagarto viejo, abierto de panza por si el animal se había comido a la chamaca. Algunos se metieron en los manglares y a los pantanos que les quedaban cerca. No encontraron nada, excepto unos cangrejos azules que se comieron en caldo y un centenar de botellas de pet arremolinadas en un brazo olvidado del río.

A los nueve días la dieron por muerta y en la Casa del Campesino le erigieron un altar coronado con una pequeña fotografía arrancada de su credencial escolar y vuelta a pegar sobre una cartulina blanca. La foto era tan pequeña que ni siquiera se veía en el templete profusamente adornado con ramos de flores y velas encendidas.

Cuando todo el pueblo disponía los rituales de ese velorio sin muerta, reapareció la muchacha. Llegó por el río en un cayuco que nadie conocía y que parecía muy viejo, con los flancos verdes llenos de limo, como si la embarcación tuviera mucho tiempo hundida en una caleta del río. Parecía una ninfa del bosque coronada con una guirnalda de flores del campo, alumbrada por un pequeño quinqué de aceite que sostenía entre sus manos. Navegaba de pie, sin pértiga alguna que impulsara el bote y con la luna levantada a sus espaldas, grande y anaranjada, figurando la percepción que emergía del enorme globo luminoso, como una figura divina que condescendía en visitar a los humanos. Mercedes resplandecía.

La recibieron con gran alborozo y mil preguntas en la boca. Mercedes no respondió a ninguna, a cambio los vio con una mirada distante y un gesto de infinito desamparo en el rostro. Entonces se precipitaron a consolarla y todo el mundo quiso arrullarla entre los brazos y besar sus mejillas con dulzura para compensar con sus caricias las soledades y las angustias padecidas por la muchacha en su extravío. Alrededor de Mercedes se formó un torbellino humano tratando de confortarla, un remolino de buenas intenciones que a cada giro se fue trastocando, sublevando el ánimo de los presentes hacia un arrebato de emociones que pronto desembocó en una franca manifestación de histeria colectiva, con las mujeres colmadas en llanto por una felicidad inexplicable y los hombres abaratando las caricias por el vulgar manoseo sobre el núbil cuerpo de la niña.

Absorta en sus propios problemas y quizá por eso inmune a la vorágine pasional desatada involuntariamente por Mercedes, la señora Lulú alcanzó a rescatarla de la procacidad que le amenazaba y reprimiendo la avidez de las manos masculinas con un carrizo de nudillos que encontró a su paso, se la llevó para la casa, junto con su madre y su hermana, mientras los demás, aturdidos por un súbito deseo se esfumaron en las sombras de la noche.

Cuando le quitaron la ropa para bañarla se dieron cuenta de los moretones que tenía en los senos y del himen desgarrado que colgaba como pellejo muerto entre las piernas–. ¿Quién fue? –Preguntó la abuela con una honda tristeza en el corazón al ver la carne mancillada de su nieta–. El chaneque –contestó Mercedes en un tono sin emociones y abriendo el puño de la mano derecha le entregó a su madre una pequeña mascara de cristal de cuarzo que llevaba apretada entre los dedos. La figura, finamente esculpida, representaba una carita sonriente de la antigua cultura olmeca–. Ahora soy su mujer – agregó la niña con pesar y empezó a contar las cosas que le habían sucedido.

Once

Durante cuarenta y ocho horas tuvieron detenida a Mercedes en los separos de la cárcel, hasta que los médicos legistas de la comisaría la mandaron al hospital psiquiátrico de Xalapa. La muchacha vivía en un mundo aparte, un universo yuxtapuesto a la realidad cotidiana, gobernado por un ser fantástico que habitaba en su mente y al que no le quedaba más remedio que obedecer–. Ni siquiera me pregunta –explicaba con vehemencia en las entrevistas clínicas; argumentaba que el ente mágico manipulaba su cuerpo sin que ella pudiera oponer su voluntad para evitarlo.

Carecía de remordimientos por las cosas que había hecho y cuando le enseñaron las fotos de Sancho con el torso despellejado, esbozó una sonrisa de complacencia. Tú le quitaste la piel, afirmaron los doctores. No, yo no; contestó Mercedes y soltó el llanto. Ya te dije que fue el chaneque que metió esa cosa en mi cabeza y yo no puedo hacer nada para evitarlo.

Psicosis precoz, Esquizofrenia severa, Personalidad múltiple, Disociación de la personalidad; eran palabras escritas con letra mayúscula y tinta roja en la evaluación psiquiátrica de Mercedes; en ese sentido todo estaba perfectamente claro: la tipa estaba loca, aunque las formas y motivos provenían de una oscuridad mágica e ignota.

El verdadero misterio que le importaba resolver al comandante Xavier Alegría era encontrar el millón de dólares extraviado. Los días pasaban y el reguero de sangre que los sicarios de El Señor andaban haciendo, amenazaba convertirse en otro problema más. Si bien es cierto que eran putas: indocumentadas, marginales, solas y despreciadas por la sociedad, algunos activistas sociales empezaban a mosquearse y no tardarían en hacer una boruca; además, los dueños de los puteros se quejaban argumentando que las madrizas que recibían las antiguas pupilas de

Sancho estaban repercutiendo en una baja de clientela pues todo mundo andaba espantado.

A pesar de la alharaca por lo de *La Peleterita*, finalmente el escándalo había servido como una cortina de humo para ocultar una gran verdad: Sancho tenía un balazo en el cuello y nadie sabía quién le había disparado. Sin embargo, con el desmadre que andaban armando los sicarios en los tugurios, todo el mundo se estaba enterando de que al muerto le habían birlado una enorme cantidad de dinero americano y nadie sabía quién se lo había llevado.

Otra línea de investigación era la tía de Mercedes, pero al tratar de localizarla el comandante Alegría topó con una situación inesperada: había abandonado el domicilio y aparecía en escena un hombre misterioso que la defendía e incluso (supuso) hería a uno de ellos con arma de fuego.

Al herido lo encontraron tendido a las puertas trancadas de la fonda, con el pulmón perforado por una bala. El comandante decidió visitarlo en el hospital, lugar del cual saldría el gandul en cuanto sanara de sus heridas pues no había cargos para consignarlo.

Ahí, encima de un camastro desvencijado, Alegría lo torturó un rato para aumentar la escasa información que tenía del caso, le había quitado el esparadrapo pegado a la espalda y hurgaba con su grueso dedo de caporal en el hoyo abierto por la bala, mientras le interrogaba con un susurro meloso, como si le hablara de amor, con la voz pegada al oído. Desde la cortedad de esa distancia pronunció juramentos de muerte y amenazas terribles sobre lo que haría con el dedo que le tenía metido hasta la suave vellosidad de los alvéolos, si no le decía toditita la verdad y nada más que la verdad.

De todas maneras no supo nada nuevo, salvo la descripción del novio de la señora Lulú: un gordo elegante que portaba pistola debajo de la guayabera. A lo mejor él fue quien le disparó a Sancho para quedarse con la lana. A lo mejor ya todos lo andaban buscando y era menester darse prisa.

Doce

El detective Rodríguez alzó con determinación un tarro helado de cerveza y conteniendo la respiración se bebió la dorada bebida de un solo y largo trago. Trataba de atemperar el calor. El sol de las dos de la tarde ladraba en las banquetas, reverberaba con furia en los toldos de los autos y distorsionaba el paisaje de las calles con los hervores de sus láminas pulimentadas. En el aire flotaban aromas de sudores frescos, camarones asoleados y frutas maduras a punto de cosechar gusanos.

Cobijado a la sombra de un bar, Rodríguez palia el bochorno de la tarde con cerveza rubia y entretiene el paladar con bocadillos de frutos de mar y aderezo picante. Frente a él, Valentín, un estudiante de Comunicación en los últimos semestres, y un esmirriado hombrecillo con cara de ratón, se afanan en un ceviche de pescado y cambian a cada rato las servilletas del culo de los tarros fríos de cerveza, para no mojar con su deshielo algunas fotografías que se encuentran desperdigadas sobre la mesa.

Las imágenes impresas son aterradoras y de una voluptuosidad enfermiza. Muestran el retrato de Mercedes con la blusa abierta y la falda remangada hasta la cintura, cubierta con una especie de chal sanguinolento echado sobre la espalda. La imagen es descarada y ofensiva, Mercedes ve a la lente con desfachatez, exhibiendo sin pudor la turgencia de sus senos jóvenes y la curvatura mórbida de sus muslos, lleva el cuerpo embarrado de sangre y otras secreciones inconfesables de Sancho, arrancadas al dejar la piel en manos de la inmisericordia. Mercedes sonríe a la cámara y parece ajena a la carnicería de su derredor.

- Así que lo que tiene sobre los hombros es la piel de Sancho – musita Rodríguez sin quitar los ojos de las fotos y con los bigotes embarrados por la espuma de la cerveza.

- Una parte –se atraganta el hombre con cara de ratón y extiende al detective una cámara digital con la imagen de Sancho brillando sobre la pantalla de cristal–. Lo desolló del pecho, la espalda, los brazos, las nalgas y las piernas –agrega de prisa con la boca llena de ceviche y totopos.

- ¿Cómo lo mató? Para despellejarlo primero lo tenía que matar o en todo caso someterlo de una manera muy cabrona; ¿cómo lo iba hacer esta chamaca, así nomás? y ni modo que el tipo se dejara sin oponer resistencia. Ni siquiera estaba amarrado y me imagino que la desollada debe ser muy dolorosa. –Mientras habla el grueso dedo del detective pulsa la flecha de avance de la cámara. Las imágenes son patéticas. Sancho yace mutilado y sin vida sobre la plancha del forense.

- A lo mejor estaban cogiendo y ella se lo descontó.
- O le puso gotas –tercia Valentín–. Ya ves que ahora los pueden dormir con unas gotas que las chavas se ponen en las chichis.
- No pude investigar más a fondo pues algo raro pasó. De repente todas las puertas se cerraron. Apenas si pude tomar estas fotos y casi me corrieron a patadas–. El hombre con cara de ratón mira significativamente los tarros vacíos y arruga la nariz como si olisqueara un queso en el aire.
- Es cierto –concuerda Rodríguez– de repente los del Forense se volvieron una tumba –alza el brazo y traza en el aire un gesto circular con el índice apuntando al techo: pide a señas otra ronda de cerveza.
- Para nadie es un secreto que los reporteros de la fuente policíaca tienen acceso a los expedientes –informa Valentín con gesto de buen estudiante– y de repente, sin explicación alguna, nos topamos con un muro insalvable, ¿verdad Miguelito? – busca la aprobación en los ojos del ratón, pero el esmirriado sujeto tiene la mirada puesta en las cervezas que llegan a la mesa.
- Hay algo que no checa, una pieza perdida del rompecabezas o el eslabón faltante de una cadena –recoge con prisa el reportero las

fotos regadas en la mesa; sus manos son pequeñas y prietas–. ¿Qué tiene que ver la chamaca con un robo a la mafia? No concuerda. Falta algo. Tengo más de diez años reporteando para NPI y nunca me había pasado algo parecido.

NPI es una popular edición radiofónica de periodismo policíaco, caracterizada por su amarillismo y chismorreo. Las siglas corresponden a Noticias Puerto Informa, pero el ingenio local ha rebautizado el programa como *Ni Puta Idea* por algunas pifias célebres cometidas, incluyendo la vez que mataron al gobernador diciendo que se lo había comido un tiburón en la playa de Mocambo; sin embargo, el ratón Miguelito es un periodista bastante avezado que conoce bien el oficio y goza de una sólida reputación entre los radioescuchas.

- Ya ni siquiera al muerto me dejaban retratar. Las fotos del Anfiteatro las tomé a escondidas con la camarita digital –le brillan los ojos recordando su propia astucia.
- ¡Cabrón! Parece que lo midió con regla. Tiene el corte bien parejo. – Rodríguez mira las fotos de la cámara lo más cerca que puede.

En la cantina no queda ninguna silla desocupada y los meseros corretean sudorosos entre las mesas repartiendo botanas y cervezas. Los ventiladores zumban rabiosos en el techo contribuyendo a la alharaca del local sin amainar las altas temperaturas de la tarde. La clientela se tiene que refrescar a golpes de cerveza. Rodríguez toma una servilleta de papel y traza una silueta humana con la pluma que le arrebata al mesero más cercano. En el dibujo señala con línea punteada los cortes de la piel, tal como los tiene marcados el difunto Sancho en la fotografía.

- Ora sí que nomás le dejó máscara, guantes y botitas –muestra a los otros la servilleta apuntando con el bolígrafo las marcas del corte que esquemáticamente señala las áreas respetadas de la piel de Sancho.

- Y una tanguita también – el reportero encuentra la foto de los genitales de Sancho en la cámara digital y sonríe con evidente humor negro: enseña a los otros las partes pudendas del muerto con su célebre verga parada. Valentín hace un gesto de asco y está a punto de levantarse de la silla.

El mesero aquieta sus aspavientos con un humeante omelette de mariscos que deposita en la mesa. Valentín pone los ojos en bizco; como buen estudiante fuereño a veces pasa por hambres y ahora está más interesado en la botana que en la investigación que les tiene reunidos.

- Ahí le manda el patrón, señor Rodríguez –informa el mesero y distribuye platitos y tenedores entre los comensales. Junto al plato deja una charola con rebanadas de pan fresco.

- Tráete las otras –avienta las palabras a la espalda del mesero y se precipita sobre el plato, parte el omelette en tres pedazos y ofrece con gentileza a sus convidados.

- Yo fui el primer reportero que llegó a la escena del crimen – presume Miguelito animado por las viandas y las chelas–. Aquello era espantoso, pero lo más sobrecogedor de todo era la actitud de la tal Mercedes. Parecía un demonio en plena orgía de sangre. Rezaba en lengua extraña y se restregaba la piel del muerto por todo el cuerpo. Aquello era un batidero —sacude el cuerpo desembarazándose de los recuerdos—. Me resbalaba en la sangre cuando estaba tomando las fotos y la chamaca como si nada. Hasta me posaba y se envolvía en la piel como si fuera un rebozo.

- Yo creo que ya es hora de un *desempance* —interrumpe Rodríguez frotándose el vientre con satisfacción—. ¿Qué te apetece? —se dirige a Miguelito de manera acomedida
- Lo que gustes —responde el aludido relamiéndose los labios. Se ve que le gusta el trago.
- ¿Roncito?
- ¡Perfecto!

En lo que llevan las bebidas, Rodríguez añade escamas de pescado al dibujo en la servilleta, señalando las áreas donde Mercedes retiró la piel de Sancho. A la mitad de la primera cuba, Rodríguez siente un resuello tras de sí. Está a punto de girar violentamente la cabeza, cuando escucha el timbre agudo y las palabras mochas de una voz harto conocida.

- Ese dibujo se parece a una escultura que está en el Museo de Antropología de Xalapa.
- ¡Ay, pinche *Veracruz*! Si tú ni a la primaria fuiste —responde el detective con fastidio sin levantar la vista para mirar al recién llegado.

- Quién dice que no –desafía el hombre con media sonrisa, mientras jala una silla y toma asiento junto al detective–. Sí yo tuve un puesto de naranjas con chile a la entrada de la Josefa Ortiz de Domínguez y todos los días iba a la escuela a vender, a veces hasta en vacaciones, pa' atender a los burros que iban a regularización… Y ya le he dicho que no me gusta que me diga *Veracruz*. Me llamo Moisés Vera Cruz. O sea: Vera, pausa, Cruz. No *Veracruz* sin pausa

- ¿Y cuánto tiempo vendiste naranjas afuera de la primaria, *Veracruz* con pausa? –insiste el detective y ríe por lo bajo sin disimular la agitación del vientre.

- Seis años. Eso es lo que dura la primaria ¿no? Ya cuando iba por Sexto, un día el director de la escuela se apiadó de mí. A ver chamaco, me dijo. Vente con nosotros de excursión a Xalapa, y de volada que me trepo al camión. Fuimos a la cascada de Xico y al Museo de Antropología. ¿Cómo no me voy a acordar? ¡Si yo nunca había salido para ningún lado! Y el profe se portó bien gente conmigo. ¡Hasta de sus tortas me convidó!

- ¿Y las naranjas? – se achispa Valentín.

- No, pues si me llevé todo. El autobús tenía una puerta por atrás y por ahí subí el carrito de naranjas. ¡Qué bárbaro! De puro gusto le fui regalando naranjas con chile a todos los chamacos de la escuela. Hubieras visto la chinga que luego me pusieron en la casa cuando llegué sin dinero y sin naranjas, pero ya lo bailado ni quien me lo quitara.

- ¿Y así era la escultura? –insiste Rodríguez señalando el dibujo de la servilleta.

- Pues ora sí que mejor hecha. ¿No? Digo, sin ánimo de ofender –le revira la puya por aquello de Veracruz con pausa–. Pero si, bastante parecido. Es una escultura grandísima, toda de barro rojo y se mira desde lejos. A mí me llamó enseguida la atención, sobre todo por el detalle ese de las escamitas –señala la servilleta que aún sostiene el detective contra la palma de su mano–. Lo primero que se me vino a la cabeza fue que era un hombre pescado, aunque ya después me explicaron que se trataba de otra cosa.

- ¿De qué?

- De que los despellejaban.

Trece

Fue de pura casualidad que aprehendieron a las muchachas que Sancho dejó en un motel horas antes de su muerte. Tenían hambre y no les quedó más remedio que salir a la calle por comida. Desde que Sancho las dejó encerradas, presuroso por cumplir los impostergables mandatos de El Señor, las chicas la habían pasado con bolsas de frituras y agua de la llave. Vinimos con Sancho, le dijeron al policía que encontraron en la tienda de autoservicio de una estación de gasolina. Devoraban una espantosa sopa de fideos blancos, de esas que se hidratan con agua caliente. La mujer lo dijo con desparpajo, agitando el vaso de la sopa debajo de las narices del uniformado. Pensó ingenuamente que la mención de Sancho era un salvoconducto en las fronteras de lo prohibido. No sabían que el infeliz ya estaba muerto y que la policía andaba tras los hilos de la madeja. Las llevaron directito a Xavier Alegría.

El comandante no podía retenerlas mucho tiempo. No tenía nada de qué acusarlas y por su condición de ilegales debía enviar al par de mujeres a la oficina de Migración. De todas maneras las retuvo y las interrogó. Tampoco les sacó gran cosa. Venían enganchadas desde Centroamérica, junto con otras muchachas, para trabajar en los burdeles del puerto y lo único que sabían del país era que su contacto se llamaba Sancho. Pensé que íbamos a tener sexo, dijo una de ellas sin rubor, porque lo vi tragar una pastilla azul antes de entrar al cuarto; pero de repente salió corriendo como loco, después de que le llamaron al móvil. No me tardo, fue lo último que nos dijo y no volvimos a saber de él.

Los análisis químicos de la necropsia no desmentían la versión de la chica, el cuerpo de Sancho estaba atiborrado de alcohol, cocaína y viagra. Te la pasabas chingón, cabroncito de mierda; espetó Alegría con envidia, mirando la hoja amarillenta e imaginando las cochinadas de alcoba que Sancho se permitía con esos racimos de carne humana llegando por las largas vías del ferrocarril.

Después de mirar las hojas ve las chicas frente a él y se detiene en sus ojos asustados. Eso le da valor por el provecho que encuentra de la situación y su indecencia ebulle pensando en la posición de dominador.

De repente le viene la idea de ser el padrote de las dos muchachas. Son bonitas y le pueden dejar dinero. No las ve bonitas con los ojos de un hombre que admira o se enamora de una mujer, las ve bonitas como se mira a un perro o una muñeca de aparador: a fin de cuentas para él son mercancía: un objeto de alquiler. Conoce muchos antros de la noche, incluso, se lleva con algunos patrones que de vez en cuando extorsiona con cualquier pretexto de la ley. Además, los cuerpos bien formados de sus cautivas incuban sus deseos carnales y de pronto descubre que aún sin tocarlas ya no puede prescindir de ellas.

No se contiene el comandante Alegría y cede a esa mezcla urticante de poder y deseo que invade sus sentidos; argumenta con la saliva espesa y a punto de escurrir, que son testigos clave para el esclarecimiento del asesinato de Sancho y les inventa en ese momento una especie de arraigo judicial, con permiso a discreción para ejercer el oficio bajo su estricta vigilancia. Las chicas evalúan con rapidez sus perspectivas y como saben que de todas maneras caerán en las garras de un hombre, les parece ventajoso ampararse bajo el brazo armado de la ley y aceptan sin chistar la voltereta del destino; cualquier cosa es ganancia antes que regresar a su tierra natal y a su miseria. Por su parte, con los ojos vidriosos por la ebullición de sus hormonas, Xavier Alegría cruza orondo el portal de los proxenetas; ya veremos que sorpresas en la vida le acarrea dejar las decisiones de su propio destino en manos de la lujuria.

Catorce

En realidad, Moisés Vera Cruz cursó hasta el tercer grado de primaria. A su papá lo mataron los sheriffs del otro lado de la frontera antes que alcanzara a enviar un maldito dólar a la familia. Lo agarraron de mula y el pendejo se echó a correr cuando lo descubrieron en una comarca de Arizona. El balazo se lo dieron en la cabeza. Así, sin mayor trámite, Moisés tuvo que dejar los estudios y ponerse a trabajar para ayudar a sostener la familia. Ya no volvió a trasponer el umbral de la escuela y se tuvo que acostumbrar a vender naranjas con chile en un puesto que le puso su mamá a las puertas de la misma. Desde ahí soportó las burlas de sus antiguos condiscípulos. Le empezaron a ofender como si lo hubieran expulsado del paraíso y llevara una mancha terrible en el rostro. Nadie lo volvió a tratar como a un compañero.

Soportando con estoicismo los desprecios de los niños de su salón, Moisés se volvió taimado. Estaba frente a un negocio (por pequeño que fuera) y no podía perder clientes y dejar de llevar dinero a casa, pero tampoco estaba dispuesto a que lo bocabajearan eternamente; por eso buscó métodos alternativos para compensar la fragilidad de su circunstancia con técnicas de ataque oculto y sorpresivo, algo así como la mística de las guerrillas urbanas frente al poderío del Estado opresor.

Se convirtió en un francotirador de liga y cáscara de naranja, apostado en la azotea de una casa cercana donde le permitían guardar su carrito de mercancía: desde ahí cobró venganza con certera puntería a las orejas de quienes se burlaban de él y se ganó el respeto de todos el día que lanzó una bomba pestilente al salón de clases, hecha con frijoles colorines de una mata cercana. Por supuesto que era bueno para las trompadas: ágil, flexible, con buena pegada en los puños y sobre todo mañoso. Los golpes de la vida le habían agarrado en desventaja, pero Moisés no se arredraba fácilmente y en el mundo que le tocó vivir no podía permitirse el lujo de tener un corazón de pollo.

A lo largo de su infancia nunca había transpuesto los límites del puerto de Veracruz y aquel viaje al Museo de Antropología de Xalapa, lo atesoraba con nitidez fotográfica en su memoria. En la sordidez de su vida cotidiana, con una madre empeñada en no sucumbir ante la adversidad y parapetada tras un mantra rencoroso repetido hasta el cansancio en las orejas de Moisés: *Nomás no te apendejes como tu padre*; la visita al museo era un recuerdo luminoso y gratificante, ¡cómo olvidar las amplias salas del museo, llenas de aire, espacio y piedras que contaban historias de un pueblo antiguo y misterioso! Y a la mitad de todo, al centro de ese enorme recinto de salas sucesivas, emergía sobre los mármoles mexicanos que revestían el piso con vetas ambarinas y diáfanas claridades, la inocultable preponderancia de una escultura ciclópea, esculpida en roja terracota, representando a un hombre desollado.

- Los olmecas –recita *El Veracruz* con solemnidad en la cantina, como si sus ojos estuvieran otra vez en el museo de antropología recorriendo sus amplias salas– les gustaba envolverse en la piel de sus enemigos vencidos. Era un ritual de guerra–. Ya no me acuerdo bien por qué lo hacían, a lo mejor lo hacían para disfrazarse...

- Los veterinarios –interviene Miguelito después de un trago de su cuba– llaman atavismo cuando los perros se revuelcan en las zaleas putrefactas de animales muertos en el campo. Los antepasados de los perros...

- Los lobos – acota Valentín.

- Lo hacen para agarrar un disfraz odorífico y acercarse a su presa – añade *El Veracruz* de prisa, como si temiera que le arrebataran la palabra o se fueran a reír de él–. Así los venados piensan en un animal muerto y no identifican el olor del lobo. –De repente se le ocurre algo genial para ocultar su falta de conocimiento y remata: Igual los olmecas, pensaban que si iban envueltos en la piel de sus enemigos eran invisibles para sus contrarios y se confundían con la gente del otro pueblo. –Sonríe y mira a todos con cierta altanería.

- Bueno, también tenían otros motivos de carácter religioso –añade Valentín con cautela y arranca en una disertación titubeante con la voz tartajeada por el alcohol–Hubo un dios antiguo al que le hacían un ritual muy parecido, no me acuerdo muy bien. Fue una conferencia que dieron en la *fac* hace poco... Unos antropólogos... el caso es que desollaban a un prisionero y, creo, el chamán se envolvía en la piel y rezaba para que hubiera buenas cosechas o algo así...

- O algo así –remeda el reportero el balbuceo de su pupilo–. ¡Pinche chamaco! ¿A eso te mandamos a la escuela? Los datos de un periodista siempre deben de ser precisos, concisos y macizos…
- Es que ahorita no me acuerdo bien ni traigo mis apuntes –se defiende el estudiante– además tengo la cabeza nublada –y señala significativamente la cuba que tiene servida.
- Te hace falta cultura alcohólica –remata el reportero con enfado.

Rodríguez observa al grupo y agradece en el fondo de su alma tan variopinta compañía. A *El Veracruz* lo conoce desde chamaco. Lo rescató una noche de una madriza callejera, lo llevó a su casa, le curó las heridas y desde entonces el muchacho se convirtió en su sombra, acompañándolo en todas las peripecias de su oficio detectivesco y frecuentes aventuras etílicas en las noches tibias del puerto. Con Miguelito le une una añeja amistad profesional, fruto de sus frecuentes encuentros en asuntos policiacos y larguísimas disertaciones alrededor de una mesa de cantina. Valentín viene de incorporarse al grupo, Miguelito lo ha tomado bajo su tutela desde que entró al noticiero para hacer sus prácticas profesionales de periodismo. Un buen equipo, sonríe y eleva su vaso lleno de ron y coca cola, brindando con sincera alegría por los amigos que le rodean y hacen amena su vida.

- ¿Qué te tomas, mi buen? –Se fija en las manos vacías de *El Veracruz.*

- Una chela –responde el nervudo asistente de rostro afilado y se abanica con la mano para refrescarse–. ¡Está haciendo un calor! –justifica mientras busca con la mirada al mesero.

- Enséñale las fotos –solicita el detective a Miguelito, el ratón Miguelito, concluye con sorna para sus adentros, al mirar los ojillos negros del periodista, ligeramente enrojecidos por los efectos del ron.

- ¡Ay, ojeras de perro! –exclama *El Veracruz* cuando ve las fotos de Mercedes semidesnuda con el cuerpo embarrado de sangre y la piel de Sancho cruzada sobre la espalda.

- ¡Esas no! Las de Sancho –demanda el detective.

- Pues sí –confirma *El Veracruz* después de ver los cortes de la piel de Sancho en la pantalla del móvil–. No cabe duda que se hizo de acuerdo al patrón de los olmecas. Lo extraño del caso es ¿por qué lo hizo la chamaca?

- Ese es el pedo –responden al unísono los otros tres.

- ¡No me trajiste caldo! –increpa al mesero que viene de poner una cerveza fría sobre la mesa.

- Ahorita viene –contesta aquel sin inquietarse mientras se aleja de la mesa. Efectivamente, no tarda en regresar con un humeante plato de sopa que planta delante del secretario.

- ¡Chilpachole de Jaiba! ¡No mames, buey! A nosotros nos diste caldo de pollo –se encabrita el detective sin quitar los ojos del plato de su asistente.

- Es que acaba de salir –justifica amoscado el mesero– pero no se preocupe señor Rodríguez, ahorita traigo otros –ofrece en tono conciliador.

- ¿Somos clientes o no somos clientes? –se levanta del asiento el detective con su robusta humanidad, envuelto en un aire de dignidad ofendida y la mirada elocuente apuntando hacia la botella semivacía de ron que está sobre la mesa. Sin prestar atención a la perorata de su jefe, *El Veracruz* le tira de la manga de la guayabera y le hace regresar los ojos a la pantalla de la cámara digital.

- ¡Qué chistoso! Todos los cortes son exactos, excepto éste –señala la nuca del occiso– tiene un raspón, como si le hubieran tallado un objeto romo con gran fuerza.

- ¡Es cierto! –confirma el detective arrebatándole la cámara–. ¡Pinche *Veracruz*, hoy amaneciste iluminado! –y le sopla la cabeza con un movimiento exagerado de la mano–. A ver chavo –le dice al mesero que no se ha ido y atisba con disimulo la pantalla del teléfono–. Deja de estar de fisgón y mejor tráete otro pomo de lo mismo. Este descubrimiento bien vale un brindis.

- A ver… –el móvil regresa a manos de Miguelito– ¡De veras, cabrón! Hay que investigar bien de qué se trata porque ese tallón cambia muchas cosas: por un lado aclara algo y por el otro lo complica más.

- Entonces la policía ya lo sabía… El forense tuvo que darse cuenta… y luego tan calladitos –mientras habla el detective sirve generosas raciones de ron en el vaso de todos–. ¿Quién lleva el caso?

- Alegría
- ¡Puta madre! ¡Ese buey es bien culero!
- Y bien corrupto, también.
- Algo se traen entre manos. Miren: si dejamos la chamaca aparte, tenemos un mafioso muerto, una lana desaparecida, unos sicarios madreando viejas a lo pendejo y una policía que se ha vuelto una tumba… ¿Qué nos dice eso?
- Que el culero de Alegría también anda tras la lana –interviene *El Veracruz* con una sonrisa torcida.
- ¡A huevo! –Confirma el detective–. Te digo, pinche *Veracruz*, ¡andas iluminado!

A la mitad de la segunda botella, Rodríguez se ha descolgado el paliacate del cuello para cubrirse la cabeza a la manera de los insurgentes del siglo XIX, y conversa a grandes voces con cualquier cristiano del bar. Valentín se ha quedado dormido sobre la mesa con la cabeza acunada entre los brazos y Miguelito, el periodista, bebe con parsimonia, mirando la tele en lo alto de la barra, donde exhiben un programa de análisis deportivo y repiten una y otra vez, infatigablemente, la controvertida jugada de un partido de fútbol.

- Me acabo de acordar –dice con voz lejana– que en la tienda de Sancho había un platoncito lleno de cocaína. ¡Pinches genízaros!

–sonríe con ironía– se la chingaron toda. Ahí también hay gato encerrado.

- Oye Miguelito –reflexiona Rodríguez sin hacerle caso–. ¿Tú crees que Sancho tenía Sancho?

Las risotadas de los hombres suenan fuerte en el local semivacío, los tubos de neón encendidos anuncian el fin de la tarde y el piso está lleno de cáscaras de cacahuate. Por la trayectoria etílica del detective, *El Veracruz* se resigna para una larga noche de parranda; sin embargo, inopinadamente, Rodríguez se levanta de la mesa y se despide presuroso argumentando confusas justificaciones.

Quince

Un par de horas más tarde *El Veracruz* no lo reconocería. Completamente acicalado, envuelto en la fragancia de una colonia de lavanda añeja y con la guayabera limpia, perfectamente planchada, el detective conversa animadamente con la señora Lulú en la casa donde le ha conseguido alojamiento. Están en una terracita con vista al mar aprovechando el refresco de la brisa nocturna, ocultos de la calle tras las enormes hojas de un selvático y enmarañado rododendro, tan viejo y canoso como los propietarios de la casa donde se ha refugiado la señora Lulú. Como ella no puede salir a la calle, Rodríguez se ha permitido llevar algunas viandas y así, de manera improvisada, han montado la cena sobre una mesa de plástico, con un par de velas encima para no prender la luz y volverse visibles a la calle, creando una inusitada atmósfera de intimidad que se presta para hablar sin prisas, no exenta de un cierto aire de romanticismo. La selección gastronómica del detective es ecléctica: Un paquete de tostadas, una latita de angulas en aceite de olivo, un queso holandés de los que venden en los barcos y una botella de vino blanco.

La señora Lulú luce encantadora con un sencillo vestido de manta color paja. No lleva joyas ni maquillaje y tiene el semblante sereno. Ya ha superado la crisis emocional de su repentino desamparo y se organiza mentalmente a grandes zancadas para recuperar el gobierno de su propia existencia. Lleva el ánimo sosegado y agradece infinitamente el gesto del detective por acompañarla en esos momentos de soledad y angustia.

No sabe si es por el vino o por las excepcionales circunstancias por las que atraviesa su vida; el caso es que después de un rato se sorprende consigo misma cuando descubre que está platicando de sus cosas al detective y expresando sus opiniones como nunca lo había hecho delante de ningún otro hombre; ni siquiera del que fuera su marido; y no es que siempre fuera un mal esposo, al principio fue muy bonito con él, pero, quizá porque se conocían desde niños, llegó el momento en que ya nada tenían que decirse. La señora Lulú ya no es una niña y por tanto no se hace ilusiones ni se confunde tan fácilmente. No olvida que Rodríguez está ahí para tratar de sacarla del berenjenal en que Mercedes la ha metido y necesita toda la información posible que le permita ayudarla a salir del problemón que la tiene al borde del colapso.

Rodríguez no la recordaba tan guapa. La tragedia le sienta bien, piensa con sorna al verla tan relajada a la luz de las velas, con el cabello suelto sobre los hombros y el cutis diáfano en las mejillas. Come con elegancia y bebe con soltura, como si tuviera necesidad de mojar las palabras que va expresando pausadamente.

- A mí me consta que Mercedes fue violada. Yo la vi y la bañé y la curé, junto con mi hermana y nuestra madre –sostiene la copa por el cuello para no calentar el vino–. Y la chamaca desde un principio se aferró a decir que el responsable era un chaneque.

- Y allá en su tierra ¿qué tanto cree la gente en esas cosas? –Vuelve a llenar las copas y se da cuenta que han llegado a la mitad de la botella. Quería traer dos, lástima, pensó que sería excesivo para una visita profesional.

- Pues son historias de la gente de antes. Todos hemos oído hablar de los chaneques pero nadie ha visto a uno de ellos. Se supone que son mágicos, no sé, como los duendes, y que son traviesos y que le hacen maldades a la gente.

- ¿Dieron parte a las autoridades cuando desapareció Mercedes?

- Sí.

- Y ¿luego?

- A Mercedes le estuvo atendiendo una psicóloga del DIF –la señora Lulú se revuelve incómoda en la silla. De repente sube la voz y se palmotea el muslo con ímpetu–. ¿Pues no fue la misma psicóloga que nos mandó con el brujo? Dijo que la chamaca creía firmemente estar poseída por un espíritu y que ellos no podían hacer gran cosa. Dijo que si queríamos podía hacer los trámites para canalizarla a Orizaba o Xalapa, donde hay hospitales de Salud Mental –toma aire y deja la copa a un lado, como si de repente le vinieran encima todas las angustias de aquellos días en que ya no sabían cómo restablecer a la pobre Mercedes; luego baja la voz y habla más para ella que para su acompañante, reanudando, tal vez, un monólogo largamente hilvanando desde que se quedó sola y empezaron a suceder todas estas cosas sin sustento lógico y racional–. Pero nosotras sabíamos que había sido un hombre de carne y hueso el que abusó de la niña. Lo sabíamos porque vimos las huellas de su infamia: los mordiscos en los senos, su intimidad violentada, la asquerosidad de su semen putrefacto, los muslos desgarrados por rasguños. ¡Pobrecita! –se le escapa un sollozo pero ninguna lágrima asoma en sus ojos–. Estaba tan maltratada mi pobre niña; y tan confusa, ¡tan asustada! ¿Cómo era el hombre? La sacudía mi hermana por los hombros, esperando una respuesta distinta a la cantaleta de la niña. Chiquito, chiquito, respondía invariablemente Mercedes. Como mi primo Nano, insistía, en referencia a un vecinito como de cinco años. Como mi primo Nano, remachaba, del mismo tamaño pero con cara de viejito ¿Y dónde vive? Preguntaba una y otra vez mi hermana. ¡Ya te dije! Se exasperaba la chamaca. En una cueva del monte. Una cueva grande donde hay muchos ídolos y muchos tesoros. No hay de otra, dijo la psicóloga que nos atendió moviendo la cabeza; y fue ella misma la que nos mandó con el brujo.

- ¿Usted cree en eso?

- ¡Ay, señor Rodríguez! –sonríe con amargura– Cuando usted anda en esas se cree todo lo que le dicen. Llevo así más de un año, tratando que la chamaca se recupere, y mire usted en la situación en que me encuentro ahora – se vuelve a palmear el muslo con frustración.

- Entonces sí la llevaron con el brujo –le ofrece una tostada colmada de angulas y sirve otra más para sí mismo.

- La psicóloga que nos atendió es hija de una comadre de mi mamá. O sea, son gente de confianza. Mira, me dijo, aquí nomás te la vamos a empastillar y la chamaca va seguir igual. Oficialmente yo no te digo nada. Este comentario nomás te lo hago por mi madrina; ya sabes, para mi todas ustedes son de la familia. Llévala con don Laureano, ese señor es rebueno para ese tipo de trabajos. No creas que nada más yo pienso así, ya son varias personas de la oficina que se dieron cuenta que a Mercedes te la embrujaron, hermana. No pierden nada con ir, de cualquier modo aquí las vamos a seguir ayudando. ¡Y ahí vamos de locas! Agarramos un taxi y que nos vamos.

El aceite de las angulas le escurre entre los dedos formando perlas de tonos oliváceos en el hueco de la palma, Rodríguez se descubre reprimiendo el deseo de lamerle las manos.

- ¿Dónde está el consultorio de don Laureano?

- ¿Consultorio? –se palmea el muslo con la mano seca, ahora lo hace de risa–. Si es una choza con una bola de totolas a la puerta y un loquito tirando piedras a los perros desprevenidos. –Ríe con amargura delante de los recuerdos de aquellos días aciagos. Las gotas de aceite han rebozado la palma de la mano y ahora le escurre un hilillo fino hacia la muñeca pero la señora Lulú interrumpe su tránsito con la punta rosa de su lengua. En el momento en que lo hace, alza la mirada y sus ojos se encuentran con los del detective–. ¿Conoce usted Temascal? Al hombre se le atraganta la saliva y tiene que hacer un verdadero ejercicio memorístico para contestar. De hecho, ya no sabe de lo que le está hablando; un arrebato de libido le ataranta las coordenadas geográficas y a duras penas responde.

- Hay una presa ¿no?... Preparan unas mojarras muy sabrosas –evoca y los recuerdos se yuxtaponen entre imágenes vivenciales de ese enorme cuerpo de agua artificial que alguna vez cruzó en lancha de motor, bebiendo cerveza y comiendo mojarras asadas, y de un sinnúmero de recortes periodísticos de la época del presidente Cárdenas y del éxodo forzado de las comunidades indígenas que propició la construcción de la presa y la inundación de esas tierras bajas. Todos los islotes de esa enorme extensión de agua no son sino la punta de los cerros y lomas de lo que alguna vez fueron tierras de cultivo y asiento de personas.

- Y un calor de los mil demonios –puntualiza la señora Lulú y vuelve a sentir el vaho ardiente del viento entrando a raudales por las ventanillas abiertas del taxi.

Dieciséis

Pescadito de a un Lado es el largo nombre de un pequeño pueblo que no aparece en ningún mapa. Apenas una veintena de casas, todas ellas de techo de palma y paredes de carrizo, diseminadas a los lados de una brecha de tierra por donde pasan más vacas que coches y en tiempos de lluvia se forman largos charcos donde abrevan las mariposas y atascan los carros chicos.

La casa de don Laureano es igual a las demás, lo que hace la diferencia es la gente sentada en el bordillo del camino, esperando los servicios del curandero.

Aunque salieron temprano del pueblo en un auto de alquiler, con la fresca de la madrugada y el brillo de las estrellas en un cielo todavía oscuro; a final de cuentas la señora Lulú, su mamá, su hermana y Mercedes, tuvieron que esperar dos horas para que el brujo las atendiera; sentadas en el suelo, debajo de tres sombrillas floreadas que llevaron para protegerse del sol y con las nalgas reposadas en un tapetillo de cintas multicolores que el taxista amablemente les ofreció para que no ensuciaran sus vestidos.

No calcularon bien el tiempo del trayecto, pues solo tenían referencias vagas de cómo llegar a casa de don Laureano. Te vas rumbo a Temascal, le dijo la ahijada de su mamá, y antes de llegar a la presa, donde está un campo de fútbol, te metes por un camino de terracería que te va a quedar a mano derecha y por ahí sigues como un cuarto de hora. Ya después le preguntas a cualquiera. Todo mundo sabe dónde vive don Laureano. – Afirmó con desenfado y de manera apresurada porque eran horas de oficina. El caso es que no fue así. Llegaron hasta la presa sin encontrar la desviación y luego dieron mil vueltas preguntando por todos lados, ya con el sol levantado y calentando la lámina del coche.

Finalmente llegó su turno de consulta y encontraron en la cálida penumbra de la choza a un hombre anciano, de marcados rasgos indígenas y vestir sencillo, calzado con sandalias de plástico.

Don Laureano tiene los ojos buenos y la piel morena, habla pausado, como si no quisiera maltratar las palabras y dibuja sus ademanes en el aire con cierta gracia infantil.

Las invita a sentarse. El mobiliario es mínimo y la señora Lulú se ve obligada a permanecer de pie, recargada en un pilar de palo que sostiene la casa; las demás alcanzan silla, todas de madera, igual que la de don Laureano. El viejo apoya los codos sobre una mesa de patas enclenques y las observa con benevolencia, como si adivinara las dificultades que encuentran las mujeres para exponer el motivo de su visita.

Es la señora Lulú la que tiene que decir las cosas; a su mamá y a su hermana parece que le comieron la lengua los ratones y nomás se estrujan las manos de puro nerviosismo, mirando tercamente el suelo como si estuvieran a punto de descubrir un yacimiento de petróleo. Al principio la señora Lulú no encuentra las palabras adecuadas para explicar el motivo de la visita, se tropieza con sus propias sílabas y se siente ridícula por contar una fantástica historia de chaneques en la que ella definitivamente no cree, por más que haya oído hablar de ellos desde su infancia. Por lo contrario, don Laureano la escucha con gran seriedad y frunce el ceño con enojo cuando le dicen los detalles vergonzosos.

Porque las cosas no se detuvieron con el secuestro y la violación de Mercedes. Además de todas esas calamidades, la muchacha era otra desde su regreso. El chaneque le torció el alma y se mudó a las habitaciones de su mente. No habían pasado ni veinticuatro horas cuando ya andaba coqueteando con todos los hombres del pueblo. Lo hacía con descaro, con la vanagloria de una perra en brama, soltando sus efluvios corporales por todos los rincones; provocando erecciones hasta de los hombres viejos con el simple paso de sus carnes cimbreantes, agitando la proclama de la vida bajo sus faldas.

El pueblo se volvió loco y los hombres se transformaron en una jauría de perros babeantes que obligaron a la familia a trancar la puerta y a tenerle un miedo grandísimo a Mercedes, quien no paraba de reírse de las cosas que provocaba y se abanicaba la cara con la falda enseñando los calzones. Y no cejaba, adentro de los muros de la casa seguía con empeño en el despliegue de sus procacidades, las cuales llegaron a tal grado que tuvieron que apartarla de los varones de su propia familia, incluso de su padre y de sus hermanos. Ningún hombre resistía las embestidas de la chica y cuando algunas esposas curiosas se atrevieron a preguntar qué tanto era lo que sentían cuando estaban delante de Mercedes, los hombres respondieron con rubor que les encendía un calor muy grande en la verga, unas urgentísimas ganas de coger y una nublazón en la cabeza que les ocultaba el pensamiento. Por el otro lado, cuando le preguntaron a Mercedes por qué se empeñaba en provocar a los hombres, la bella adolescente contestaba que no era culpa suya y que era la semilla del chaneque la que le obligaba a tales comportamientos, mientras le susurraba al oído que era bien puta y que por eso sucedían tales cosas. Mercedes lloraba entonces.

También estaba lo de las pesadillas; por aquí cerraba los ojos le aparecía en la mente la repulsiva imagen del chaneque y su presencia le aterraba tanto que la chamaca llegó a tener miedo de dormir. A medianoche despertaba a toda la casa con sus gritos. Decía que el chaneque estaba adentro del cuarto y quería llevarla para la cueva del monte, que había entrado por la ventana cruzando los cristales, pues los volvía de agua un instante para poder pasar; y que traía un armadillo bajo el brazo, el cual agarraba de banquito para sentarse frente a ella y hacer muecas burlonas para mortificarla. ¿Qué no lo ven? Se extrañaba Mercedes sorprendida, está ahí: y señalaba una esquina del cuarto. ¡Ese! El chaparrito de sombrero que está fumando puro. Nadie veía nada, sin embargo, lo cierto es que el cuarto empezó a oler a tabaco aunque en esa casa nadie fumaba.

La señora Lulú terminó con un hilo de voz las confidencias de familia y francamente esperó que don Laureano se riera de ella y las corriera de su casa diciendo que eran una bola de viejas locas. Para alivio de su mortificación el anciano no dijo nada de eso ni hizo ademán alguno de rechazo, por el contrario, se quedó quieto largo rato con la mirada extraviada y la mano envuelta sobre el mentón, inmerso en profundas cavilaciones. Las mujeres acompañaron su silencio sin moverse, sin verse siquiera entre ellas por el embarazo que sentían al andar contando este tipo de cosas, más adecuadas a la fantasía de los niños que a la manera de unas señoras hechas y derechas que gobernaban casas.

El silencio se hizo largo, ni siquiera de afuera llegaban ruidos; el murmullo de la gente que esperaba sobre el bordo del camino se había apagado y hasta el zumbido de las chicharras parecía tomar un reposo. En esa quietud, apenas perturbada por el piar de una totolita que buscaba gusanos entre los carrizos de los muros de la casa, las mujeres se miraron con incertidumbre, los minutos pasaban y don Laureano seguía ausente, mirando las motas de polvo suspendidas en la atmósfera.

De repente el hechicero cobró vida y con ademanes enérgicos se calzó un sombrero de palma y le habló a Mercedes en mexicano, porque como explicaría más tarde, a los chaneques no les gusta hablar español y cuando lo escuchan arrugan la nariz y se hacen los desentendidos mirando hacia los lados. Para sorpresa de las mujeres, Mercedes contestó en lengua antigua con inusitada fluidez, idioma que por supuesto no conocía y prácticamente nadie hablaba en el pueblo, si acaso se escuchaba en los días de mercado, cuando bajaban los serranos a vender legumbres sobre la calle principal y llenaban el aire con aromas de montaña.

La voz de Mercedes era la misma de siempre, un tanto aniñada, pero esta vez sonaba altiva y amenazante; su actitud era tremendamente insolente y alzaba el busto como si estuviera dispuesta a embestir al anciano. Las mujeres no entendieron nada de lo que ambos se dijeron y no tuvieron más remedio que aguardar con paciencia todo el intercambio de palabras en esa lengua que no conocían y que en todo caso sonaba como si los parlantes estuvieran a punto de cantar. Don Laureano no abandonaba el tono enérgico de la voz y daba grandes zancadas alrededor de Mercedes, mientras la otra le miraba con unos ojos que echaban lumbre y hablaba sin parar en lengua de indios.

De pronto don Laureano le dio a la chamaca una tremenda bofetada en la mejilla derecha y cambiando de lengua para hablar ahora en castellano, la reprendió con sequedad: Aprende a respetar a los mayores, le dijo y se hizo dos pasos para atrás preventivamente, dedicando una rápida mirada a la familia para que no interviniera. Mercedes no se movió ni un palmo, se quedó con la cabeza gacha y una expresión de azoro en el enrojecido rostro. A continuación don Laureano se burló de ella a grandes carcajadas dando a entender lo fea que era, le hizo muecas con la cara diciendo que era un espejo y aspavientos de asco después de olfatearla, como si la niña oliera muy mal; caminó imitando a un mono y se echó a reír nomás de verla, afirmando en su propia cara que era el payaso más chistoso y ridículo del mundo, que tenía los pies al revés, con la punta de los dedos apuntando hacia la retaguardia y otra serie de insultos que a la señora Lulú le parecieron bastante infantiles; sin embargo, durante un atisbo en el ritual y con una simple mirada, don Laureano le hizo entender que no estaba jugando y como le explicaría más tarde, lo hacía para desquiciar el carácter del chaneque, pues estos seres son sumamente vanidosos e intolerantes a cualquier crítica que ponga en entredicho la belleza de sus atributos físicos.

Mercedes no soportó las burlas durante mucho tiempo pues a cada cantaleta de don Laureano se ponía cada vez más roja y tensa de la cara, con el pecho agitado a punto de pegar un berrido.

No pudo más y estalló furiosa.

Recogiendo los labios y enseñando los dientes como si fuera un perro, volvió a contestar en lengua antigua ladrando las palabras y acechando al anciano, amagando con írsele encima; pero en un titubeo don Laureano le propinó otra bofetada, ahora en la mejilla izquierda, diciendo nuevamente: Aprende a respetar a los mayores; y reculó de nueva cuenta, pero tampoco esta vez la muchacha hizo algo para defenderse, su azoro era tal que parecía atornillada al piso.

Sin esperar a que se recuperara del pasmo, el curandero tomó los huevos de rancho que la familia había llevado por recomendaciones de la ahijada y acunando uno entre las palmas de sus manos, empezó a rezar encomendándose a la Virgen de Guadalupe y al Señor Jesucristo; también pidió permiso a las deidades antiguas de la selva que sólo él conocía, para limpiar con su venia el espíritu de Mercedes. Se plantó un metro delante de la muchacha, alzó los brazos al cielo y empezó a canturrear oraciones ininteligibles, sosteniendo el huevo en una especie de aplauso congelado, dejando entre la unión de los dedos pulgares un hueco por donde empezó a chupar el aire, imitando el chillido de las salamanquesas en las noches de calor. Enseguida, mientras hacía repetidas succiones con la boca, dirigió el huevo guardado entre las manos alrededor del cuerpo de Mercedes, al estilo de un detector de metales que los policías usan en las terminales de pasajeros: subiendo y bajando los brazos, siguiendo el torno de la silueta, dando pasitos cortos a los lados de la chamaca, con un movimiento semicircular que recordaba a los viejos trompetistas de rumba. Mercedes ni se movió, seguía pasmada, parecía somnolienta y poco a poco se fue desmadejando en la silla, adoptando la postura de un adormilado borrachito de cantina.

Después de esa danza cósmica alrededor del aura de Mercedes, don Laureano quebró el huevo con sus dedos y arrojó el contenido dentro de un vaso de cristal, guardando la cáscara en la mano, triturándola en silencio entre sus dedos callosos. Luego llamó a las mujeres y juntos se dirigieron a la entrada abierta del jacal.

Afuera de la choza deslumbraba un sol radiante y la humedad caliente daba consistencia sólida al aire. Apenas transpuso el umbral, el curandero alzó el brazo y puso contra la plenitud de la luz el vaso de cristal. La yema era de sangre y la clara bilis verdosa. Las tres parientas ahogaron un grito y el hombre meneó la cabeza con pesadumbre. De veras que le han hecho mal a la muchacha, dijo, y metió una varita de madera al vaso e hizo girar el huevo sobre su eje; luego lo miró largo rato, acerándoselo a los ojos, estudiando su movimiento, la viscosidad de su consistencia y la repulsión de sus colores. La señora Lulú no pudo evitar el pensamiento de que tal vez así veía Dios el giro de las galaxias.

Acto seguido arrojó el contenido del vaso en una cubeta grande, de esas que originalmente fueron envase de pintura y que ahora olía a podredumbre por todos los huevos que desde esa mañana había depositado el humilde chamán en ella (un par al menos por cada paciente); y enseguida añadió la cáscara triturada formando una cruz al depositarla sobre los restos de la repugnante mezcolanza que albergaba las más variadas purulencias del alma.

El viejo curandero regresó junto a Mercedes y reemprendió el ceremonial esotérico del huevo, danzando ahora alrededor de la muchacha, sorbiendo el aire a través de sus manos juntas, recorriendo todo el contorno de ella, siempre sin tocarla, flexionando la cintura cuando bajaba, encaramándose en la punta de los pies cuando iba para arriba, ondulando la cadera al ir hacia los lados y dando pasitos cortos para atrás y para adelante mientras le daba la vuelta. Mercedes seguía catatónica, con la vista fija en sus propios pies, sumamente preocupada por la posibilidad de tenerlos al revés, como le había dicho el hechicero, y con la pura fuerza de los ojos luchara para volverlos a su posición original.

Desentendiéndose de ella el anciano acudió nuevamente al vano de la puerta seguido por las mujeres en procesión silenciosa. Bajo el rectángulo de luz deslumbrante vio de nueva cuenta en el vaso, las transformaciones que había sufrido la gigantesca célula en su recorrido cósmico alrededor de la humanidad de Mercedes. A simple vista las cosas se veían mejor. La yema tenía una coloración normal, aunque se había roto perdiendo su condición esférica, semejaba ahora las aspas abiertas de un ventilador, ligeramente entreveradas sobre una clara de aspecto turbulento y trazos alargados de hebras blanquecinas, manchadas por grumos oscuros como gotas de sangre coagulada. Ya está mejor, dijo el viejo con una sonrisa tibia, pude apartar el chaneque de su mente, pero la semilla que le sembró en el alma no se desaparta tan fácilmente, agregó con preocupación al tiempo que hacía la cruz con los polvos del cascarón triturado en el interior de la cubeta de los desperdicios. Luego, alzando la cabeza les dijo a las mujeres. No será fácil. Durante quince días seguidos me la tienen que traer sin falta para que yo la limpie. La semilla es fuerte y no se quiere ir. Quince días sin faltar ninguno. Y otra cosa, la muchacha tiene que vivir junto al mar. Sorprendidas, las mujeres no atinaban que decir y fue peor cuando don Laureano le dijo a la señora Lulú mirándola fijamente: Tú que vas junto al mar, llévala contigo. Entonces la confusión fue total, los reclamos no se hicieron esperar y fue la ocasión en que a la señora Lulú se le puso la cara más roja de toda su vida.

Diecisiete

La sonrisa se le escapa de los labios recordando la tensión de aquellos momentos. Enseguida muestra cierto azoro al reparar que se ha dejado llevar por la añoranza y que tal vez no debería estar contando esas cosas con tanta franqueza ni de esa manera tan vívida que le ha hecho perder la noción del tiempo y olvidarse del sitio en el que está ahora. Y no es que la esté pasando mal, si no fuera porque lo ha perdido todo sería la mejor velada de su vida. Rodríguez es un escucha afable pero aun así no se atreve a contar que después de las revelaciones de don Laureano sobre sus planes secretos para mudar el domicilio, hubo un tremendo pleito entre las tres mujeres, con reclamos agrios y lacrimosos, durante todos los viajes de todos los días rumbo a las curaciones de Mercedes: una especie de ping-pong furibundo entre el asiento delantero y trasero del coche de alquiler, junto a los oídos atónitos del chofer, obligado a escuchar cosas de las cuales no se quería enterar, durante toda la ida y la vuelta a la casa del curandero de ese pueblo que no figuraba en los mapas.

Antes de las revelaciones del brujo nadie sabía que la señora Lulú pensaba irse a Veracruz, hacer la vida por su lado y dejar definitivamente al marido. Su madre y su hermana se rasgaron las vestiduras ante su osadía y amenazaron con inmolarse en una hoguera si cumplía su cometido. Pero a la señora Lulú le valió madres. Tal vez hubiera aguantado un poco más y terminado las consultas que había prescrito el curandero, pero a duras penas llegaron a diez días seguidos y todo porque esa noche la señora Lulú encontró a su marido arremangándole la falda a Mercedes en el cuarto donde se guarda el maíz para hacer tortillas, atrás de la cocina. Sin pensarlo siquiera agarró un metlapilli que encontró a su paso y lo sorrajó en la cabeza del infeliz hombre. Cuando vieron el charco de sangre las dos mujeres sonrieron y se largaron a todo correr.

Una semana más tarde se había mudado, junto con su sobrina, a una casa en el puerto que le había dejado en herencia su padrino de bautizo; y con todo el porvenir para ella sola, decidió montar un restaurancito y abrirse paso por la vida con los aromas de su cocina. No será la primera vez que vuelva a comenzar, se consuela para sus adentros mirando en derredor de su refugio improvisado y decide disfrutar la circunstancia presente.

Evalúa con disimulo al detective y le provoca gracia su cara de perro triste, particularmente en ese instante que dirige una mirada de desamparo a la botella de vino irremediablemente vacía. La señora Lulú ha sido mujer de un solo hombre y no tiene ninguna experiencia en las artes de la seducción, pero no de en balde ha pasado muchas horas con tías y abuelas en la cocina: rincón secreto de mujeres, para ignorar lo que una puede hacer en determinado momento e inclinar la balanza a sus propósitos.

Pretextando cualquier cosa se da una escapada a revisar sus enseres y regresa oronda con una pequeña botella de coñac y una caja de chocolates alegremente decorada. A Rodríguez le brillan los ojos de lujuria.

Un detective jamás debe involucrarse con sus clientes, le advierte una voz lejana en alguna parte de la mente. Y mucho menos abusar de ellos, sobre todo si se es un caballero; resuena con mayor fuerza la voz interna. Sabe que la señora Lulú está en desventaja, que está pasando momentos muy difíciles y que él es el único clavo ardiente que la sostiene. Pero está bien chula, dice otra voz más poderosa que todas las anteriores y sin contención alguna olvida todo protocolo. A fin de cuentas, yo no soy un caballero, alcanza a pensar antes de que en su cerebro bullan las hormonas.

La señora Lulú se solaza en los deseos del varón, dispone el cuerpo para el placer y pronto conduce al detective por los dilatados caminos de la carnalidad de la manera tan única que solo una mujer como ella puede brindar. Cuando te da comezón en el oído y te metes el dedo para rascarte. ¿A dónde sientes bonito, en la oreja o en el dedo? Recuerda lo que decía entre risas una querida abuela desdentada, friendo plátanos machos en un hondo sartén de hierro una lejana tarde de *Norte* allá en el pueblo. Entonces los chaneques eran tan solo un cuento para espantar a los niños.

Dieciocho

Los últimos días habían resultado verdaderamente placenteros para don Estuardo de la Peña, desempolvó una aparatosa consola de discos de los años sesenta y todos los días escuchaba música clásica: Mozart, Beethoven, Chopin…, mientras se afanaba en limpiar, acomodar y sacar lustre a todas las cosas de su tienda de antigüedades. Sentía la vida renovada y todo lo veía con mejores ojos y sabores, incluso el vermut seco que acostumbraba como aperitivo antes de la hora de la comida, le dejaba un gusto diferente y le hacía bullir la sangre como en los lejanos días de su juventud, aquellos días cuando ir a la playa de Mocambo era toda una excursión de día festivo y en los *papaquis* de carnaval se inscribían únicamente señoritas de sociedad.

Tan grande era la gozosa vitalidad que le invadía, cuando una noche sintió la punzada del deseo en la entrepierna y trató de hacer el amor con su mujer, pero doña Esperanza, que así se llamaba la señora, se asustó grandemente al ver el vejancón que se le venía encima y le resoplaba en la oreja con aliento agrio y palabras sucias. La anciana se envolvió en la sábana y le reconvino con acrimonia, amenazando acusarle con el médico pues bien sabía el viejo que tenía prohibido toda clase de esfuerzos desmedidos.

El silencio es oro, repetía don Estuardo todas las tardes en punto de las dos, mientras saboreaba su vermut y se congratulaba secretamente de haber eliminado a Sancho. ¿Lo había hecho él? ¿Acaso fue la moza de la cocina de la señora Lulú? ¿Lo había despellejado vivo o muerto? ¡Qué importaba! Lo importante era la discreción y el sigilo que estaba guardando para que nadie sospechara de él. La policía apenas si lo había molestado, preguntas de rutina nada más, y luego no se había vuelto a aparecer. La dulce calma reinaba como antes en el barrio comercial y don Estuardo empezó a forjar una imagen de sí mismo cada vez más extravagante en la que relucía como un héroe secreto que velaba por la tranquilidad del barrio.

A pesar de su propia y romántica imagen de héroe desinteresado, don Estuardo no olvidaba del todo la maleta que había robado del local de Sancho la mañana que le metió un balazo. Con el paso de los días sintió curiosidad por saber qué tenía adentro. Aún estaba escondida y no la había tocado para nada, pero cada vez con más frecuencia imaginaba un sinfín de cosas que el cochino de Sancho podía haber almacenado en ella.

Una tarde no pudo resistir más la tentación. De por sí ya no iba mucha gente a la tienda; la recuperación de la clientela de antaño no era cosa fácil y a esa hora temprana de la tarde, con el sol pegando de lleno en las banquetas, era sumamente improbable que alguien asomara la nariz por la puerta en busca de una *chaise longue* para una piscina *demodé*.

Decidió, entonces, echar un vistazo a la maleta. Una miradita rápida, pensó, y sin más la sacó de su escondite, la llevó al mostrador y la abrió. ¡Menuda sorpresa! ¡La petaca estaba repleta de billetes de cien dólares! Apenas la miró un instante… la cerró inmediatamente y sin pérdida de tiempo la volvió a meter en su escondite con manos temblorosas. ¡No lo podía creer! Los billetes estaban perfectamente acomodados en fajos precintados que calculó, con sus ojos sagaces de comerciante, debían de ser al menos de cincuenta mil dólares cada uno y por la cantidad de fajos que había vislumbrado en ese rápido vistazo, no tuvo dificultades para considerar que en la petaca había por lo menos ¡un millón de dólares! A don Estuardo le daba vueltas la cabeza, tuvo que buscar asiento para calmar el mareo que le hacía perder el equilibrio y comerse un caramelo con apresuramiento, porque esta vez sintió clarito como le bajaba la glucosa.

Como no supo qué hacer decidió dejar las cosas como estaban. Por supuesto que mil ideas acudieron a su cabeza aconsejando cómo gastar el dinero. Un auto nuevo, un viaje a la madre patria, (por *Iberia* y en primera clase), un ahorro para los nietos: quizá para la universidad… La cuestión no era gastarlo: ¡se le ocurrían tantas cosas! el problema era justificarlo. Cómo le iba a explicar a su familia de esta súbita riqueza. Tenía que pensar muy bien las cosas. Esperar. Tener paciencia. Planear.

Por lo pronto era mejor dejar las cosas como estaban. Eso sí, se permitió guardar un par de billetes de cien dólares en el bolsillo. Los llevaré a la casa de cambio para ver si son legítimos, razonó, además, continuó con esa vocecilla interna que recién había descubierto y que tanto le complacía; creo que merezco una recompensa, resolvió respecto a su heroísmo patriarcal de barrio y luego proyectó con gula gastronómica: Un par de tapas de jamón *patanegra* y un buen tinto de la Rioja no me vendrán mal este domingo a la hora del futbol; al tiempo que empezó a elucubrar un plan de ventas ficticias con lo que sustentaría una larga abundancia, tan espléndida en sus dones como sus recuerdos de los viejos tiempos del abuelo. Así, transportado por una mano sin tiempo ni calendario, soñó futuras glorias con los ojos abiertos y una sonrisa bobalicona iluminó su rostro durante el resto de la tarde.

Diecinueve

No es fácil ser padrote y policía al mismo tiempo, sobre todo un padrote lujurioso que insiste en acostarse con sus pupilas todas las noches. A las dos muchachas que arbitrariamente privó de su libertad, el comandante Alegría las colocó en un bar nudista de una calle escondida. Ahí las prostituyó y le hacían ganar dinero, pero tenía que vigilarlas hasta la madrugada y mientras ellas dormían durante el día, él tenía que seguir trabajando de comandante. Además estaba lo del sexo: adoraba hacerlo con las dos morenas y no dejaba ningún amanecer sin enlazarse con ellas. Pronto le mermaron las fuerzas. Primero recurrió a las bebidas energizantes con taurina, cafeína y otros químicos galopantes, también las pastillas de viagra empezaron a formar parte de su dieta y el alcohol y la cocaína se convirtieron en puntales indiscutibles para sostener su alocado ritmo de actividades. El comandante Alegría estaba enganchado y sus horas contadas.

Lo que no consideró el rústico agente policiaco fue que todo el mundo subterráneo sabía que Sancho era el traficante monopólico de mujeres ilegales para el comercio sexual del puerto y que las muchachas que él explotaba habían llegado hasta Veracruz como resultado de oscuros acuerdos comerciales realizados por el difunto y en consecuencia, correspondían a la pertenencia absoluta de El Señor. No le dijeron nada cuando lo vieron llegar tan orondo con sus dos morenas, pero lo relacionaron inmediatamente con el dinero perdido y se abrió una discreta investigación a cargo de los capos locales de El Señor. Decidieron utilizar a las mismas chicas de Alegría para averiguar que tanto sabía el agente policiaco del asunto; por lo pronto no se veía que le sobraba dinero, lo más probable era que no tenía la maleta extraviada y al igual que muchos otros también andaba en su búsqueda.

Sin embargo, bien que aprovechaba el comandante la muerte de Sancho, padroteando a las dos muchachas que ellos habían importado desde Centroamérica. Eso les pareció una ofensa que no podía quedar impune, pero antes era menester averiguar qué tanto sabía el policía del asunto; así, mientras las dos mujeres se acicalaban en los camerinos del *table* antes de salir a escena, eran aleccionadas para obtener toda la información posible y traicionarlo a la brevedad del tiempo.

En el mundo oropel de los antros es fácil confundirse, hay muchas sombras y luces falsas. En esos lugares de iluminación tenue y atmósferas densas, las mujeres de la noche parecen complacientes, llevan ropa ligera y llenan la copa de los incautos, mientras vacían la billetera y sonsacan los secretos: Cuéntame tus aventuras, papi; y fingen asombro delante de cualquier nadería con grandes ojos pintados de muchos colores. Así le hicieron al comandante: las dos morenas empezaron a hablarle al oído y en cada oreja una mujer le susurró con labios pintados de rojo: Qué hombre te miras cuando tomas, dijo una llenando de nueva cuenta el vaso al borracho. Enséñame quien manda, invitó la otra mostrando la rotundez de sus nalgas delante de los lujuriosos ojos del hombre. ¡Qué grande la tienes! Me estás matando, papacito: escucha sus voces en la revoltura de las sábanas por la madrugada y cree todas las mentiras que le dicen.

Con el paso de los días el comandante olvidó sus deberes laborales y una mañana ya no se presentó a trabajar. Su voracidad erótica le llevó a una aguda dependencia sexual y no podía pasar ni una hora sin que el lujurioso sujeto estuviera penetrando a una de sus mujeres. Pronto se corrió la voz en el antro de las capacidades sexuales de Alegría y un perverso jefe de plaza, aburrido porque los negocios le salían demasiado bien, se le ocurrió mandar otras chicas para ver hasta dónde podía aguantar el voraz hombre y de paso hacer negocio con algunos *packs* de las cochinadas del comandante.

Dispuso para tal propósito de una alcoba adornada con múltiples espejos y terciopelos rojos, una enorme cama de agua completamente ingrávida, discretas cámaras de video convenientemente distribuidas por toda la habitación, una tina de baño con aguas burbujeantes y dos mujeres rubias para acompañar a las morenas con las que había llegado Alegría: una espigada ucraniana y una lánguida princesa checa de piel blanquísima y venas azules, recién desembarcadas de un buque procedente de Lisboa. Alegría no volvió a salir de ese cuarto. Con tantas mujeres hermosas a la disposición exclusiva de su libido exaltada, olvidó por completo su empleo de policía y la maleta que le habían birlado a Sancho llena de dinero. Olvidó el paso de las horas, el lugar donde estaba y también se olvidó hasta de quién era él; renunciando a sus capacidades, sueños y propia existencia; porque en adelante el único propósito de su vida fue ayuntar con las cuatro mujeres y vivir hundido en la multiplicidad de los coños. Nunca supo que se convirtió en un espectáculo trasmitido por internet.

En una sala privada del antro los barones del crimen vieron sus proezas carnales y al igual que mucha gente que seguía la transmisión por la red, empezaron a cruzar las más diversas apuestas respecto a la virilidad y resistencia del comandante Alegría. Las cuatro mujeres bien aleccionadas no daban tregua al garañón y éste mostró tal empeño a los escarceos de alcoba, que pronto se convirtió en *tendencia* en redes sociales con miles de seguidores y cientos de compañías de productos eróticos ofreciendo patrocinios. Eso le costó un tremendo jalón de orejas al jefe de plaza pues a El Señor le molestó que de repente sus oscuros negocios se volvieran tan públicos. Ordenó cortar el espectáculo, pero renuente a terminar tan afortunada fuente de ganancias cibernéticas, el capo de la plaza no suspendió de inmediato la transmisión, imaginó un final dramático y giró instrucciones para que la coca del comandante la sirvieran pura y sin cortar. El efecto fue apoteósico.

La presión arterial del robusto hombre subió, subió y subió, hasta llegar a registros estratosféricos. Fue tan grande el impacto en su corazón que por todos los orificios de su cuerpo brotó sangre con la fuerza de un surtidor, lanzando chisguetes de líquido rojo hasta alturas insospechadas y provocando un aumento en la audiencia del *reality* como nunca antes se había visto en un espectáculo tan lleno de morbosidad y sangre. Antes de que el comandante Alegría se cagara en su bata de seda azul y le sobreviniera un síncope cardiaco que le costó la vida, alcanzó a decir sin que nadie se lo preguntara: El novio de la tal Lulú tiene fusca... y eso desató una nueva persecución de muchos cibernautas de pocos escrúpulos que por alguna razón, sin mayor sustento, relacionaron al supuesto novio de la señora Lulú con la maleta perdida llena de dinero.

Veinte

Al igual que muchas mujeres que ocupan cargos importantes, el éxito profesional le había costado el matrimonio a Leticia Robles; una psiquiatra prestigiada con un primerísimo nivel en la estructura del gabinete de Salud Mental del Gobierno del Estado. En su celo profesional le gustaba ir al fondo de las cosas, detestaba los cabos sueltos y en verdad se comprometía, desde una perspectiva profundamente humana, con la recuperación integral de sus pacientes.

Desde que conoció a Mercedes durante las entrevistas clínicas en el Hospital Psiquiátrico de Xalapa, le llamó poderosamente la atención las referencias que la muchacha hacía de la extinta cultura olmeca, sobretodo porque lo platicaba del mismo modo que podía hablar de su casa o de su escuela. No podía afirmar que su historia clínica fuera el estereotipado caso de posesión demoníaca, en donde la posesa habla con voz extraña, en idiomas raros y con la piel del rostro deteriorada por asquerosas purulencias goteantes. No, Mercedes era una chica afable, tal vez un poco engreída, quien creía firmemente que un chaneque se la había robado y la había hecho su mujer a fuerzas. Él me enseñó de los olmecas porque los odia y busca venganza, le confesó una tarde de lluvia y sol, de esas tan frecuentes en las montañas veracruzanas. Me tomó de la mano y me llevó por un túnel oscuro a verlos, pero ellos no podían vernos a nosotros. ¿Cómo una película?, avivó la doctora. Más que una película, contestó la muchacha mirando el cielo raso de la oficina. Era como estoy contigo ahora, pero sin que tú pudieras verme y yo no pudiera tocarte.

Además de inteligente, la doctora Robles era curiosa y tenaz, muy capaz de zambullirse en exhaustivas investigaciones con tal revisar todas las posibles variables psico-sociales que forman una historia clínica; y si Mercedes hablaba con tanta frecuencia de los olmecas en sus entrevistas, decidió visitar el museo de antropología de la ciudad para encontrar alguna clave, por extravagante que fuera, que le auxiliara en el tratamiento psicológico de la muchacha.

Había pasado mucho tiempo desde la última vez que visitó el museo, para ser franca, desde los años escolares; curiosamente, lo que más recordaba de esa lejana visita era la alharaca de un niño emocionado regalando naranjas con chile a todos los visitantes. En lo específico, la cultura olmeca sólo representaba para Leticia brillantes ilustraciones de enormes cabezas de piedra con casco sideral, pegadas en la cartulina de una tarea escolar. Tuvo una grata sorpresa cuando pisó nuevamente el suelo pulimentado de mármoles mexicanos del recinto museográfico y caminó, como si portara alas, por la vastedad de sus espacios, admirando los impresionantes monolitos y estelas de piedra de esa antiquísima cultura. Le sorprendió volver a leer sobre el origen desconocido de los olmecas y su paso por el mundo tan temprano, considerados como la cultura madre de Mesoamérica. Comprobó con horror que el desollamiento se practicaba con los enemigos vencidos, tal y como se lo había dicho Mercedes en las entrevistas, cuando le preguntó por qué se envolvió en la piel de un difunto y corroboró con perplejidad que la razón le asistía a la muchacha, aquella vez que se empeñó en afirmar que los olmecas conocían la rueda pero únicamente la utilizaban en los juguetes. Lo constató en la estantería de una de las salas dedicada a los objetos de la vida cotidiana de tan misterioso pueblo.

Fue justamente ahí, ante un juguete con ruedas, cuando escuchó por primera vez la voz de Martín: He visto a mucha gente sorprendida cuando descubre que los olmecas conocían la rueda, le dijo a su espalda; pero, le juro, nunca había visto a alguien tan asombrada como usted. Leticia se dio cuenta que tenía la boca abierta.

Martín es un antropólogo que trabaja en el museo, tiene los ojos color del mar, la piel tostada por una vida al aire libre y la sonrisa franca. Una hora más tarde, en la cafetería del museo; Leticia externa sus inquietudes clínicas por la cultura olmeca, específicamente por la ritualidad de los desollamientos (lo cual le parece espantosa) e inicia de la mano del antropólogo un recorrido por los escasos datos de un pueblo enigmático que llegó y se fue sin avisarle a la historia.

Ahí mismo le cuenta, entre aromas de café; del antiguo dios Xipe Tótec: "Nuestro señor el desollado", aunque para el antropólogo esta ritualidad también está relacionada con la cultura popoluca, posiblemente entre los años 1,000 y 1,260 –perora con dicción de catedrático– pero ningún estudioso descarta de antemano la influencia de la cultura olmeca en otros ámbitos, como puede constatarse en la escultura de un desollado en el recinto museográfico. La civilización olmeca –explica– floreció principalmente en el sureste selvático de lo que ahora son los estados de Veracruz y Tabasco; y el principal adoratorio que se ha descubierto de Xipe Tótec está cerca de Tehuacán, en pleno altiplano semidesértico; –afirma y asume un gesto enigmático y ligeramente burlón.

Esta deidad, dice mientras pide nuevas tazas de café, está relacionada con la fertilidad, los ciclos agrícolas y la guerra. En su honor se realizaba el *Tlacaxipehualiztli*; (la doctora admira en silencio la complejidad de esa palabra que el antropólogo pronuncia sin ningún esfuerzo); un ritual –continúa imperturbable– en el que sacrificaban y desollaban un cautivo en un altar circular. –La doctora Robles no puede contener un gesto de asco mientras Martín prosigue su relato: El ritual incluía que los sacerdotes se envolvieran en la piel del desollado (tal como lo había hecho Mercedes, recordó la psiquiatra), para glorificar al dios y pedir sus buenos oficios en la cosecha y en la batalla; y una vez terminado el sangriento rito, depositaban la piel del sacrificado en pequeños hoyos excavados frente al altar de la deidad.

- ¡De veras que eso me parece excesivamente salvaje! ¡En verdad! ¡Quitar la piel a una persona! –exclama con vehemencia la doctora y casi se levanta de la silla en un acto meramente impulsivo.
- Le quitamos la piel a los animales que nos comemos. –Contesta con cierta altanería el antropólogo–. Incluso nos la comemos; ¿a poco no le gustan los tacos de chicharrón?

- ¡Pero con guacamole! –sonríe la psiquiatra y menea divertida la cabeza–. Tiene usted razón. De todas maneras no me cabe en la cabeza andar desollando gente...
- Básicamente tiene que ver con ritualidades y mitologías. De hecho Xipe Tótec fue un dios buena onda, pues ofreció su propio cuerpo para alimentar a la humanidad en un momento en que se andaban muriendo de hambre. La humanidad no siempre fue fuerte y altamente depredadora como hoy en día. Al principio fue débil y muchas veces y en muchas culturas tuvo aliados inesperados, como el tlacuache, por ejemplo...
- ¿El tlacuache?
- Sí, claro; ¿lo conoce usted?
- ¡Ay, sí! Es un marsupial espantoso. ¡Parece una rata gigante y tiene toda la cola pelona!
- ¡Precisamente! Los tlacuaches tienen la cola pelona porque ellos le robaron el fuego a los dioses y se lo dieron a los hombres; entonces, muy enojados, los dioses les quemaron la cola en castigo por su insensatez.
- Como Prometeo en la mitología griega –sonríe la doctora con aire cultista.
- Exacto, aunque menos cruel el castigo... Y viera usted que hay ciertos paralelismos culturales: Xipe Tótec pertenece al selecto grupo de renacidos, como Baco o Dionisio de la mitología griega...
- ¿El dios del vino?

- Sí, también es un renacido: hijo de Zeus; o el mismísimo Jesucristo. Hasta la fecha se sigue conmemorando su inmortalidad en un ritual antropófago o teófago, según lo quiera ver... Sucede cuando la gente comulga en la misa católica.

- Este es mi cuerpo y esta es mi sangre –murmura la doctora con voz hombruna y arruga la nariz evocando un mal recuerdo.

- ¿Es usted católica?

- Me casé por la iglesia, pero eso fue hace mucho tiempo y francamente lo he olvidado a propósito.

- En fin, a veces es difícil entender los rituales del pasado: Xipe Tótec no es la excepción y como le he dicho él murió para alimentar a los humanos y luego renació como una planta de maíz... –calla un instante y paladea sus conocimientos–. En la memoria de las antiguas culturas mesoamericanas el hombre fue hecho de maíz y si consideramos que el maíz es el ingrediente básico de su dieta alimenticia no parece desproporcionado comerse a un semejante...

- ¡Qué horror!

- Siguiendo la misma metáfora sangrienta, quitar la piel de una persona es como quitar el totomoxtle a la mazorca.

- ¿Qué es el totomoxtle?

- Son las hojas de la mazorca con las que envuelven los tamales.

- ¡Guácala! De hoy en adelante voy a comer puro tamal ranchero que vienen envueltos en hoja de plátano.

- El pozole original se hacía con carne humana.

- ¡Ay, ya; por favor!

- Perdón, no traté de incomodarla –Martín parece sinceramente apenado y busca una ruta para cambiar la conversación. Bebe un largo sorbo de café con deleite y agrega de forma espontánea: las *brownies* de aquí son excelentes. –El giro inesperado de la conversación toma por sorpresa a la doctora Robles, le produce un momentáneo vacío intelectual y tiene que hacer un esfuerzo para recordar que a fin de cuentas están en una cafetería y no a la mitad de un ritual prehispánico donde los hombres son de maíz y por tanto comestibles. Una sonrisa bobalicona aparece en su rostro; para su fortuna el antropólogo no la mira en este momento pues alza los ojos para ordenar los pastelillos.

Veintiuno

A diferencia de lo que pensaban los demás, Mercedes no había perdido la cordura y se daba cuenta de todo lo que pasaba a su alrededor. Incluso que la creyeran loca.

La infausta noche que el chaneque la acostó sobre un rústico tendido de hojas frescas, no pudo hacer nada para defenderse. Sus gritos y súplicas se perdieron en la profundidad de la selva y la pobre niña, llena de asco y ganas de vomitar por tanta vergüenza que sentía, se vio sometida a la indecente profanación de su cuerpo, como si fuera la ofrenda de un ritual blasfemo que el pequeño monstruo consagraba a deidades oscuras y misteriosas.

En medio de un mundo que se caía a pedazos, temblando de miedo y humillación, Mercedes escuchó adentro de su cabeza la voz rasposa del repugnante ser mágico.

- La semilla que yo te doy no fecundará tu vientre –dijo en tono altivo–. Viajará hasta la intimidad de tu pensamiento y ahí, donde está tu razón y tu alma anidará la Forma que permitirá a Ellos ver el mundo y preparar su regreso.

Luego explicó con gran solemnidad.

- Eres una rendija de luz para los Señores Antiguos. Eres la llave para abrir la puerta que fue sellada por los malditos olmecas. Por tus ojos y por tus sentidos se extenderá el Gran Puente Astral y por los poderes que me fueron conferidos, permitirá a su Esencia Milenaria atisbar, por el breve instante que alcanza a medir tu mugrosa vida, las cosas que suceden en el mundo de los hombres.

El hombrecito mágico se había expresado en una lengua que Mercedes jamás había escuchado. Un idioma extraño y melodioso, como canturreo de pájaros, que para su propia sorpresa se dio cuenta que comprendía muy bien; aunque la manera de hablar del chaneque, excesivamente rebuscada y confusa, la dejó a medio camino del mensaje que el repugnante sujeto le susurraba. Llena de asco, tumbada contra su voluntad en un lecho que a ella se le antojaba de ortigas, envuelta en el mareante aroma de animal de monte que emanaba del duende, no entendió inmediatamente el alcance de sus palabras, excepto la certeza y el alivio, a pesar de su desgracia, que no engendraría hijo de un hombre tan malo y feo.

Bien pronto se dio cuenta a qué se refería el chaneque.

Así como un niño se forma en el dulce vientre de la madre, en la intimidad mental de Mercedes empezaron a tomar forma algunas cosas ajenas a su ser. Algo que no podía definir con exactitud empezó a crecer y a ocupar espacio en su pensamiento.

Nunca supo a ciencia cierta cuanto tiempo estuvo prisionera en la morada del chaneque. Nueve días, dijeron en su casa, pasó perdida en el monte. Para Mercedes esos días sin horas fueron una eterna pesadilla de sumisión en cuerpo y mente, a la magia oscura y las aberraciones sexuales del enano. El chaneque la forzaba por las noches en el vórtice de extraños ritos oscuros. Derramaba sangre fresca de animales silvestres alrededor del lecho de hojas donde mancillaba a la niña con la arrogancia de un perro salvaje. Sahumaba los cuatro puntos cardinales con plantas perfumadas de la selva, para ocultar con el humo espeso de su savia fresca, el brillo de las estrellas y la mirada de las hadas buenas; y convocaba, con oraciones malditas, a terribles divinidades del mundo de las sombras, expulsadas miles de años atrás por antiguos hechiceros olmecas, pero siempre deseosas de encontrar una ventana para mirar lo que sucedía en el mundo y soñar con el regreso a un plano material de cosas sólidas.

Mientras se apareaba con la pobre niña, el chaneque entonaba cánticos profanos con voz grave y ceremoniosa, alternando sus tonadas prohibidas con oraciones secretas que pronunciaba en rápidos susurros; a través de las cuales convocaba a seres innombrables de otras dimensiones siderales, que en los espasmos de su procaz deliquio parecían nutrir a la espantosa Forma inoculada en la mente de la prisionera.

Nunca volvió a pronunciar el discurso de la primera noche y durante el día la dejaba dormir, excepto para alimentarla con líquidos espesos de sabor a hierba y tierra.

Si bien su cuerpo reposaba y yacía inerte, prisionero de los brebajes del chaneque; en la mente de Mercedes se gestaban grandes cambios con un frenesí pasmoso. Pronto se dio cuenta que ya no era la misma. Dentro de ella habitaba ahora una presencia ominosa, un íncubo venido de los confines del universo.

La sensación era aterradora. Con infinita angustia tuvo que compartir la esencia de su ser, su alma misma; con esa cosa insustancial, etérea; la cual se deslizaba como un fantasma por todas las habitaciones de su pensamiento y de su razón de ser. Mercedes quedó atrapada dentro de sí misma, porque la Forma no se detuvo en su mente, muy pronto la sintió correr en su propia sangre, viajando a todos los confines de su cuerpo, apoderándose de sus sentidos, de sus percepciones, de su olfato, tacto, gusto, vista y oído; de las dimensiones de su espacio y del manejo de su entorno. Mercedes ya no era su propia dueña y todas sus acciones empezaron a ser determinadas por la maldición que ahora habitaba su alma.

Se convirtió en un testigo obligado e involuntario de los apetitos terrenales de la incomprensible presencia que la poseía. Tocar, oler, probar y observar su entorno con ansiedad desbordada y un gozo sublime se convirtió en su única actividad, como si la Forma hubiera pasado eones atrapada en la insustancialidad y ahora, en el plano de la materia, le diera un gusto enorme volver a percibir un sinfín de sensaciones. Con que placer acarició el tronco de los árboles palpando sus nudosidades, con que gentileza deslizó lentamente entre los dedos las verdes hojas de las plantas y las sedosas alas de las mariposas. Todo tenía un sentido nuevo y maravilloso y cada objeto abarcaba la posibilidad de un placer infinito. Aspirar el viento fresco, sentir el calor del sol, refrescarse con las gotas de la lluvia; cualquier sensación por nimia que fuera era pretexto para un arrebato de hedonismo, por eso, cuando regresó al pueblo y sintió sobre sí la mirada de los hombres, empezó a jugar con las electrizantes sensaciones del placer sensual.

Como si todo sucediera a través de tercera persona, Mercedes valoró el poder de su sonrisa, la elocuencia de sus ojos, el garbo tentador de su paso, la lánguida sensualidad del movimiento de su cuerpo y sobre todo, la importancia de su olor de hembra.

Con la extraña convicción de ser una marioneta controlada por el parásito que habitaba su mente, Mercedes no salía de su asombro delante de las cosas que ella misma provocaba. Bastaba sacudir un poco la espesa cabellera y acentuar ligeramente el quiebre de sus pasos para que todos los hombres de la aldea tuvieran el acuciante deseo de hacerla suya. Entonces la Forma se deleitaba, absorbía las vibraciones primigenias de los machos, percibía sus erecciones implorantes y se alimentaba de sus deseos contenidos con voraz fruición y extremo placer de carnalidad, distendiéndose gozosa sobre la atmósfera misma en el éxtasis del placer. Pero la Forma era voraz y muy pronto sus apetitos crecieron. Ya no le bastaba ser deseada y quizá por eso una tarde de calor, Mercedes se dejó tocar por un primo con quien jugaba desde que eran chicos.

El chamaco le arrimó la pierna cuando descansaban en una banca de cemento, después de unas carreritas de bicicleta, con el corazón agitado y la frente perlada de sudor. Tras el fugaz contacto de sus muslos desnudos, percibió la descarga eléctrica que la efervescencia hormonal provocó en el muchacho y nada pudo hacer para evitar que la Forma se revolcara muy cerca de su nuca gratamente estimulada, bebiendo con ahínco la densa respiración del joven y el calor de su mano cuando le agarró la pierna, argumentando con voz entrecortada que tenía un raspón arribita de la rodilla y le untó la piel con una saliva que estaba caliente, espesa y pegajosa como los hilos de las arañas.

Los llamados de mamá para preparar la cena interrumpieron un toqueteo torpe, inexperto y brusco, acompañado de un resoplido en el cuello que hasta la misma Forma rechazó con desprecio.

Los desplantes hormonales de Mercedes se convirtieron en la comidilla del pueblo. Ya por la tarde, cuando que el sol se guarecía en el último valle de la planicie y las mujeres espantaban el calor del día con abanicos perfumados, los labios se volvían incontinentes. A esa hora se desgranaban los sucesos de la jornada y el relato de lo cotidiano se exageraba, sobre todo cuando los comentarios se referían al procaz atrevimiento de la adolescente, su desfachatez de perra en brama y la sonrisa de burla que acompañaba su rostro, como si no fuera cristiana y se tratara de una vulgar desvergonzada, insinuando a cada uno de sus pasos lo que llevaba debajo de la falda.

Las visitas al curandero significaron un alivio para Mercedes, pues la Forma se volvía osada y cada vez más impertinente en la demanda de sus apetitos sensuales. Las descargas eléctricas que la adolescente provocaba en los hombres lograban realmente deleitarla y también fortalecerla, como si el desarrollo de sus bíceps esotéricos estuviera directamente relacionado con la satisfacción de su concupiscencia.

Veintidós

En una habitación vacía, de muros altos, blancos y blandos, Mercedes sonríe al recordar la piedad, la compasión y sobre todo la solidaridad de su mamá, su tía Lulú y su abuela, que siempre lucharon por encontrar una solución a su problema. Asustadas e impotentes ante la firme embestida de Mercedes en el desmantelamiento de su tranquilidad social, las atribuladas mujeres de la familia apenas si atinaron al llevarla con el brujo de *Pescadito de a un Lado*, el sabio curandero que pudo renovar un poco la paz de su alma.

- Demasiado poco –reflexionó en voz alta una tarde nublada frente a la doctora Robles, adentro de una habitación apenas amueblada con un par de sillas tristes, durante el transcurso de una aburrida entrevista psicológica; la cual, de antemano, sabía que su palabra estaba desvalorada de toda credibilidad.

Para Mercedes deambular por su memoria funcionaba como un bálsamo frente a la incomprensión de los demás, quienes no sabían lo que era vivir con una cosa adentro de la cabeza, pensando por su cuenta y capaz de tomar el control de su cuerpo en un instante. Sólo el chamán de *Pescadito de a un Lado* la había comprendido. Únicamente él pudo ver la enfermedad que le aquejaba alma, cuerpo y mente, y aplicar el remedio que le convenía.

El anciano había combatido a la bestia. Ella lo había visto con los ojos de su alma acorralada. El viejo hechicero sabía qué clase de bicho era el intruso y qué tenía que hacer para expulsarlo de su mente. No en balde había abogado y hecho encarecidas recomendaciones para que la niña no interrumpiera el tratamiento que él le dispensaba; extraordinario ritual, único y agotador hasta el tuétano, que día a día emprendía alrededor de su persona, siempre sin tocarla, para restaurar el equilibrio cósmico de su espíritu, regresar su *tonalli* extraviado y abandonar esa lamentable condición de antena humana conectada a una dimensión desconocida.

El curandero había rogado con tanta vehemencia la fidelidad al tratamiento, que a la distancia de los acontecimientos, Mercedes estaba segura que el viejo indígena presentía que ella no iba a concluir el calendario de sus visitas, que un día la niña ya no iba a regresar y entonces la Forma volvería a extenderse por la nubilidad de su frágil cuerpo. Porque eso sí, desde las primeras oraciones del sabio brujo, el íncubo maldito comenzó a agazaparse, herido por la fuerza de los conjuros que rezaba el viejo, tan dolorosamente parecidos a aquellos que un lejano día pronunciaron los hechiceros olmecas cuando sellaron las puertas y construyeron pirámides sobre éstas para que no volviera a entrar.

Derrotado por un simple campesino que olía a maíz y recitaba de memoria antiguas fórmulas para contenerlo. Inusitado sacerdote ancestral que conocía palabras poderosas y le obligaba a retroceder a cuatro patas hasta la misma puerta trasera de la mente de la chamaca; el íncubo buscó refugio en los estadios mentales más recónditos de Mercedes, negándose a ser expulsado, diluyéndose hasta una ínfima condición larvaria a la espera de mejores oportunidades.

El hombre era poderoso y amenazaba a través de la convocatoria de sus rezos, arrojarle al vacío y depositarlo nuevamente en la insustancialidad de la cual provenía. Pero el chamán no pudo completar su tarea.

El divorcio de la señora Lulú quebró el tratamiento y orilló a las dos mujeres, unidas por desgracias diferentes, a abandonar precipitadamente la familia y el pueblo, con la grave acusación de putas cargando sus espaldas y un rimero de comentarios maledicentes con una cauda más larga que el río Papaloapan. Así llegaron a Veracruz y con el tiempo el Maligno volvió a despertar violentamente el día que la muchacha tuvo a Sancho a su merced.

Veintitrés

¿Y los chaneques? ¿Qué sabe de los chaneques? La psiquiatra se sonroja ligeramente al darse cuenta que está entrando en terrenos pantanosos alejados de la ciencia, a pesar de haber comentado con el antropólogo los rasgos generales del caso clínico que la ha motivado a visitar el museo. A Martín no le incomoda la pregunta, por lo contrario, le encantan las consejas populares.

- Son unos duendes, responde con entusiasmo y se acomoda en la silla; una creencia de la gente del sureste, precisamente del lugar donde habitaron los olmecas, aunque no hay testimonios de alguna relación entre ellos, cosa poco probable, porque las relaciones entre semidioses o seres mágicos y los hombres no fue particularmente armoniosa; es más, los chaneques tienen mala fama, les gusta perder a las personas en el monte, robarse a los niños y tirar piedras a la gente. Los chaneques son seres mágicos de la selva y hay muchas leyendas alrededor de ellos. Sonríe y se le hacen arruguitas en la comisura de los ojos.

La confianza regresa a la doctora y se deja llevar por las palabras del antropólogo y por el gusto a chocolate de los pastelillos.

- Dicen que parecen niños y su leyenda viene desde antes que llegaran los españoles. –Martín entrecierra los ojos y busca en la bibliografía de sus recuerdos–. En la mitología prehispánica se consideraban una especie de dioses menores, encargados de cuidar los manantiales, bosques, selvas y los animales salvajes.

- ¡Uy! Pobrecitos –ironiza la doctora–. Con la devastación actual se han de haber quedado sin chamba.

- ¡Anda! –el antropólogo le sigue el chiste–. Por eso se dedican ahora a poseer a la gente.

Por un instante se ríen pero pronto la risa les sabe amarga, el caso de Mercedes es grave, tal vez sin mucho fundamento racional y apoyado en viejas leyendas en las que ya nadie cree. Quizá esa sea su fortaleza, considera la psiquiatra mirando en la pantalla del teléfono representaciones gráficas de los chaneques que el antropólogo baja con diligencia de una página especializada. Uno de ellos está vestido de jarocho y tiene los pies al revés. Leticia sonríe y promete para sus adentros saber más de esas entidades mitológicas que pueblan antiquísimos relatos. Martín hace una seña para pedir más café, Leticia piensa que esa noche no va a dormir.

- Lo que no me queda claro es por qué el chaneque le mostró cosas de los olmecas a Mercedes sí, como usted dice, las relaciones entre hombres y seres mágicos no eran las mejores

- Muchas mitologías antiguas de todas partes del mundo, reseñan un sinnúmero de relaciones entre humanos y dioses o entre humanos y seres mágicos; incluso lo vemos con frecuencia en las religiones: el catolicismo es pródigo en este tipo de situaciones; recuerde: Jesucristo es hijo de una humana y un dios. Nada más que estas relaciones siempre fueron asimétricas con claro sometimiento de los hombres, aunque no exentas de algunos triunfos donde los dioses pudieron ser derrotados y marginados, como sucede en el mundo actual donde francamente no tienen la menor importancia

- ¡Claro! Por eso Mercedes dice que los olmecas sellaron las puertas para que *no sé quién* ya no pudiera entrar al mundo

- Entonces el chaneque se refiere a una coexistencia; desde esa perspectiva podemos afirmar que se conocen desde la misma época pero su desempeño es en bandos rivales…

- Y ahora busca venganza… Aunque sigo sin entender por qué el ritual del desollamiento, es decir, ¿por qué Mercedes lo hizo?

- Usted misma me ha explicado que, según ella, todo lo hizo por mandato por el supuesto ente que la posee…
- ¡Justamente! –lo interrumpe con tal vehemencia que los comensales de las mesas cercanas voltean a verlos con cierta curiosidad. Apenada baja el tono de su voz al volumen de un cuchicheo–. Si… ¿cómo decirlo?; la *cosa* esa odia a los olmecas… ¿por qué reproducir su conducta ritual?
- Mmmh; probablemente por placer. Desde luego por un placer sumamente retorcido, pero a fin de cuentas placer.
- ¡Ay, Dios! Eso me recuerda un paciente que disfrutaba torturar a los animalitos.
- También hay crónicas del narco, de gente muy enferma que descuartiza a sus víctimas en vida mientras baila, toma y oye música guapachosa; o qué me dice de las torturas de la Santa Inquisición y un sinnúmero de organismos de poder que recurren a la tortura sistemática documentada a través de la historia: la CIA, la KGB y muchos más
- Es verdad – sacude la cabeza tratando de espabilar la mente y en sus ojos brilla una lágrima que no acaba de escurrir.

$$- o -$$

A unos cien kilómetros de distancia, con la brisa del mar entrando por la ventana de una casa inconclusa, Rodríguez revisa una radiografía que le acaba de enviar Miguelito. El detective tiene el rostro oscuro y deprimido, apenas iluminado por la pantalla de un teléfono celular con la batería a punto de agotarse. Junto a él un paquete de cervezas de lata se entibia irremediablemente delante de la madrugada. Con las prisas ha olvidado la hielera. Se ha tenido que esconder porque las palabras del comandante Alegría, antes de morir, desataron una cacería para atraparlo. Muchos cibernautas tienen la certeza de que él es el asesino de Sancho y poseedor de la maleta que guarda una envidiable fortuna.

La famosa maleta extraviada que nadie conoce ni ha visto siquiera, se ha convertido en un objeto mítico que empieza a ser fuente de relatos fantásticos y descabellados en los corrillos del bajo mundo: la cantidad de dinero guardada en su interior tiende a crecer desmesuradamente según pasa de boca en boca. Ahora se habla de millones de dólares y hasta de piedras preciosas. Desafortunadamente para el detective, todos coinciden que la maleta la tiene el novio barrigón de la señora Lulú: o sea yo; reflexiona con tristeza, dando cuenta que su propia situación es sumamente comprometida. Las causales místicas del crimen ritualista cometido por Mercedes y los misterios de la cultura olmeca que la originaron le tienen sin cuidado; ahora lo importante es encontrar la maleta e imagina que la clave está en el raspón que encontró *El Veracruz* en las fotos del cuerpo mutilado de Sancho; sin embargo, los intentos de Miguelito, el reportero, por obtener los estudios forenses del finado, habían sido infructuosos, hasta ahora que finalmente recibe imágenes del expediente escondido.

Ampliando lo más posible los huesos del cuello de Sancho en la pantalla del teléfono, el detective encuentra astillas en una de las vértebras cervicales del difunto y sabe muy bien que ese tipo de herida, por su trayectoria, corresponde al rozón de un balazo. ¡Ajá! Se emociona y considera sin dudar que esa es la razón del silencio sepulcral que ha guardado el departamento forense de la policía. Significa que independientemente del ritual sangriento de Mercedes alguien le dio un balazo a Sancho. Significa también que la policía no tiene ninguna pista de quién se lo dio y parecen bastante satisfechos con echarle la culpa a Mercedes. Ahora bien: ¿quién le disparó? y ¿cuál fue motivo? Ni siquiera Alegría lo pudo resolver y ahora está muerto. Sus esclavas de placer le han traicionado y se alejan de prisa en una camioneta de vidrios oscuros rumbo a los antros de tierras frías.

Veinticuatro

Don Estuardo de la Peña no pudo aguantar mucho tiempo lejos de la tentación del dinero. Empezó gastando un billete de cien dólares para pagar la cuenta del restaurante donde iba a ver los partidos de futbol de la liga española los fines de semana. No hubo ningún sobresalto más allá de la mirada admirativa del mesero ante la denominación del billete. Un cliente gringo, dijo, sin que el camarero pidiera explicación alguna.

Otro día fue más osado, no abrió la tienda después de comer y con el sol de la tarde llegó a un prostíbulo de lujo donde se entretuvo un buen rato con una muchacha joven y complaciente. Le dio un par de billetes de cien dólares y empezó a levantar sospechas. Regresó una semana más tarde, lo atendieron a cuerpo de rey y los billetes con los que pagó fueron directamente a las manos de los operadores de El Señor. Tengo muchos clientes gringos, dijo, sin que nadie le pidiera explicaciones. Le pusieron "cola", lo empezaron a vigilar y encargaron a una joven que le coqueteara y sedujera para ver qué información le podía sacar, pero don Estuardo era un viejo taimado y barruntó con desconfianza la tarde que vio llegar la muchacha a su almacén. Además le dio miedo, ¿qué tal si su esposa se enteraba? Como pudo se deshizo de la chica y se juró a sí mismo no volver a caer en tentación; pero el pecado de la carne había lacerado su alma y no tardó en volver a las andadas. Esta vez fue a un bar nudista y se metió a la boca del lobo. Tuvo suerte porque ese día los patrones andaban por otro lado, pero los dólares con que pagó fueron reportados y alguien decidió que era tiempo de hacerle una visita para investigar la fuente de su reciente riqueza. Esa noche le rafaguearon el negocio y el enorme cristal del aparador que había soportado los altos decibeles de la música de Sancho, cayó al suelo hecho añicos. Le fueron avisar a su casa cuando se encontraba dormido y se hizo acompañar de una patrulla para ver el daño causado. Su única preocupación era rescatar la maleta con el dinero que aún conservaba escondida debajo del gobelino de caballos árabes y salir huyendo de la ciudad hacia alguna tierra lejana. Intuyó que los amigos de Sancho le habían descubierto y que su vida corría peligro, pero no podía entrar por la maleta delante de todos los policías; además se empezó a sentir mal, la glucosa se le fue al piso y tuvieron que llevarlo al hospital para ponerle un suero. Dejaron una patrulla a la entrada del nosocomio y eso lo salvó momentáneamente. Los pistoleros se lo querían llevar para interrogarlo y saber el paradero del dinero.

Veinticinco

El haz luminoso de un potente faro proveniente del mar interrumpe las cavilaciones del detective Rodríguez. En la mancha oscura del océano, *El Veracruz* se acerca en una lancha de pescadores con motor fuera de borda. Rápidamente el detective aborda el bote sin importarle mojar su calzado y las perneras del pantalón.

El agua está fría y el aire de la madrugada también. Trata de acomodarse en el tablón de proa mientras *El Veracruz* hace rugir el motor y a señas le indica que busque en el cajón de herramientas que está a sus pies. Entre las llaves mecánicas y las bengalas de emergencia encuentra una botella de tequila. Rodríguez sonríe y bebe un trago para sacudirse el frío.

De repente, en medio de la oscuridad aparece una moto acuática saltando sobre las olas. Una pareja de jóvenes la montan, si no fuera por la hora y la fiereza de sus rostros, semejarían turistas practicando un deporte.

La chica, de expresión malsana, vestida con un rompevientos de plástico fosforescente y botas de montar, a horcajadas sobre la moto empieza a disparar con poco tino: los brincos entre las olas y su posición de jinete alzado le impide afinar la puntería. El detective y su fiel secretario se tienden en el piso y las balas pasan silbando por encima de sus cabezas. *El Veracruz* trata de zigzaguear el bote, pero la pesada lancha de pescadores no obedece su intento y la moto se aproxima a toda velocidad de manera imprudente: sus ocupantes están drogados y no miden las consecuencias, ríen con estrépito y están a punto de estrellarse contra la embarcación.

Cuando prácticamente la tienen encima, Rodríguez se incorpora temerariamente, con la pistola de señales en la mano, y dispara una bengala que se entierra en el tórax de la mujer, abriendo su pecho en borbotones fosforescentes de trozos sanguinolentos de carne y huesos triturados. El conductor de la moto, arrancado súbitamente de esa sensación de poderío que le brinda la droga, trata de tirar a su compañera a patadas y alejarse rápidamente, pero las piernas de la joven siguen fuertemente abrazadas y no puede desprenderla del vehículo. Tiene que soltar el manubrio para valerse de las manos.

No tiene alternativa; la ropa incendiada de su compinche amenaza prender su vestimenta de tela sintética. Rodríguez aprovecha el momento y con gesto de resignación arroja la botella de tequila estrellándola en la moto. El tequila, la bengala encendida y la vestimenta plástica de la muerta, genera una especie de napalm que convierte al vehículo acuático en una tea luminosa. Así se aleja sin concierto mar adentro, junto a los aullidos del mozalbete que se rostiza en vida.

Ya es de amanecido cuando llegan al embarcadero del club de yates. *El Veracruz* atraca en el muelle y Rodríguez se dirige a toda prisa a la casa de los ancianos donde se esconde la señora Lulú. Si lo han encontrado a él, reflexiona, la probabilidad de que localicen a ella se vuelve casi irremediable. Trata de caminar rápido pero sus zapatos mojados y llenos de arena le dificultan la marcha.

Cuando finalmente llega al domicilio de los viejos descubre que la señora Lulú no está. No hay nadie en la casa. Una desagradable sensación le recorre el pecho. No tiene tiempo de pensar. *El Veracruz* le pita desde la calle, ahora al volante de un enorme Lincoln continental de los años noventa. Rodríguez trepa rápidamente, no sin antes despojarse de los zapatos mojados y arrojarlos a la calle con un gesto de fastidio. Junto a él, en la orilla del amplio asiento del automóvil, reposa una escopeta cuata y un teléfono celular que repiquetea con impaciencia. Es Miguelito el reportero: habla atropelladamente.

- ¡Cabrón! ¡Levantaron al forense! Vas a creer que estos hijos de puta lo fueron a sacar de la morgue a punta de balazos. Pinches genízaros no supieron ni qué pedo. ¡Se quedaron pasmados! Se lo llevaron enfrente de sus narices a balazo limpio…
- ¿Y luego qué pedo?, ¿qué pasó? ¿A qué hora fue?
- *¡Pérate tantito!* Está llegando información… ¡Ya lo soltaron! Lo fueron a tirar por unos médanos… pero dicen que está bien… que nomás le preguntaron por el reporte de Sancho y que les dijo lo

que sabía… Esa fue la radiografía que te mandé: al Sancho le dieron un balazo en las merititas vértebras pero parece que no lo mató de inmediato… o sea que la chamaca ¡lo desolló vivo!

- ¿Dónde estás?
- Afuera del Baluarte de Santiago. Estoy con Valentín.

Veintiséis

A pesar de su hipoglucemia don Estuardo conservaba una inmejorable condición física; todavía alcanzaba a dar tres vueltas completas a nado libre en la alberca olímpica del balneario municipal. Aprovechando la elasticidad de sus músculos y la luz mortecina del alba, se escabulló del hospital trepando por una ventana que daba a un angosto callejón oliente a orines y desembocaba en una calle adyacente oculta a la vigilancia de los halcones de la mafia apostados frente al hospital.

No se resignaba a perder el dinero encontrado (aunque no fuera de él) y en las horas que pasó tumbado en el camastro hospitalario con la jeringa del suero glucosado inserta en su brazo derecho, llegó a la conclusión de que la vida le brindaba otra oportunidad y que sería muy tonto si no la aprovechaba.

En su febril imaginación había construido, por ejemplo, una nueva vida en una playa lejana del Caribe, al lado de una adolescente negra con las nalgas firmes y la vulva color violeta. Dios me ha dado este dinero, se repetía y no se le ocurría otra cosa que disfrutarlo en su propia complacencia. La familia está bien –concluyó–. A mí es a quien le falta vida; y pensando en el cúmulo de billetes ordenados en el vientre de la maleta, veía desfilar toda su aburrida existencia entre las cuatro paredes del almacén que había fundado su abuelo.

La maleta estaba en la tienda y don Estuardo la necesitaba más que nada en el mundo. Para su buena suerte esa mañana soplaba viento del norte y el cielo estaba encapotado, el aire corría frío y no había un alma en la calle.

Recordó que la reja del puesto de tortas colindante a su negocio no atrancaba bien la cerradura y decidió meterse por ahí para evitar que alguna patrulla le viera entrar por el frente de la tienda. Subió a la azotea por una escalera oxidada que llevaba años arrumbada en un rincón de la tortería y ya arriba se descolgó por un tragaluz que daba a la trastienda de su propio negocio, no sin antes forcejear con unas varillas llenas de orín que le impedían el paso. Eso le llevó un buen rato, pues la única herramienta que encontró para su cometido fue una piedra pulida de las que antes se ocupaban para empedrar las calles del Puerto. Con la piedra golpeó desesperadamente las varillas hasta doblarlas y hacer un hueco por el que pudo deslizarse hacia adentro. Al hacerlo se lastimó el brazo con un filo picudo de la varilla oxidada y en la piel se le dibujó un tajo rosáceo. Un minuto más tarde empezó a gotear un hilito de sangre pintando el suelo de rojo.

Veintisiete

Bien había supuesto la doctora Leticia Robles que aquella noche no iba a dormir a causa del exceso de cafeína, lo que nunca pudo imaginar fue que esa misma madrugada la iban a sobresaltar con una noticia terrible: Mercedes acuchilló un mozo del hospital psiquiátrico y escapó con rumbo desconocido. Estaban sonando las cuatro de la mañana cuando llegó con grandes ojeras al hospital. En el estacionamiento encontró un par de patrullas, una ambulancia y una carroza de servicios funerarios.

Un enfermero del turno de noche la condujo rápidamente a la habitación que ocupaba Mercedes: el panorama era desolador y francamente asqueroso.

Había cuajos de sangre por todos lados y la mescolanza líquida de color malva oscuro empezaba atraer las moscas de todo el barrio, se extendía hasta el umbral de la habitación y salpicaba las albas paredes acolchadas y el escaso mobiliario que la ocupaba. Al fondo, el cadáver de un intendente del nosocomio con el cuerpo desollado, colgaba del gancho de las botellas de suero intravenoso. La doctora Robles no pudo digerir el espantoso cuadro y ahí mismo comenzó a vomitar profusamente contaminando la escena del crimen.

Averiguar la ruta de escape de Mercedes no fue tarea difícil, bastó con seguir la estela de sangre que la chica dejo en su recorrido desde que abandonó el hospital. Primero fue un taxista de Xalapa, lo encontraron desollado adentro del auto de alquiler, en una cuneta de la carretera que baja para Veracruz. Después, cerca de ciudad Cardel, encontraron un trailero también despellejado. Sobre el techo del camión, estaba escrito con la sangre del muerto una palabra en lengua antigua: *Kiahuiztlan*.

Tras cada asesinato cometido por Mercedes el arquetipo maléfico que habitaba su alma se fortalecía. Ahora era incontenible y hacía despliegue de sus artes oscuras cometiendo espantosos crímenes con los hombres que la chica seducía, arropando su espalda con la sanguinolenta epidermis de la víctima, imitando los ritos ofrecidos para antiguas deidades olvidadas.

Mareado en su propio regocijo el íncubo no reparó en la ruta que la muchacha seguía hasta que percibió la salinidad del aire. El viento olía a mar y las piedras del suelo portaban recuerdos dolorosos de la cultura antiquísima que tanto odiaba: los olmecas.

Cuando se dio cuenta estaban a la mitad de las ruinas arqueológicas de un antiguo cementerio totonaca y el influjo de los olmecas se percibía en el aire. Quiso reaccionar con furia y obligar a la muchacha a dar marcha atrás y salir de ese lugar que tanto dolor le causaba, pero no contaba con el empecinamiento de Mercedes y su férrea determinación para sacudirse de su nefasta influencia.

Creyó que la tenía dominada pues había hecho de ella una marioneta que manejaba a su antojo en la complacencia de sus caprichos. Pensó que la sumisión de Mercedes era para siempre y nunca imaginó que pudiera tener un plan oculto para liberarse de su yugo. Trató de utilizar toda su fuerza para salir de ahí, pero pronto se dio cuenta que no podía, que ese lugar donde abundaban las tumbas de los antiguos hombres le debilitaba de forma rápida y extraordinaria, mientras la niña fortalecía su mente y trepaba con agilidad por un rasposo acantilado de piedras ásperas y filosas.

Pronto llegó a la cúspide y con ojos llorosos Mercedes contempló el mar. Sabía cuál era su destino y lo que tenía que hacer para su liberación final. Llenó sus pulmones con el aire del mar porque eso le molestaba a la bestia, a esa maldita bestia que le había echado a perder la vida pero que a fin de cuentas podía derrotarla. Miró el horizonte y con ternura evocó a las mujeres de su familia que tanto habían luchado por ella y que con tanta valentía habían desafiado los prejuicios de su pueblo. A su madre, a su abuela y principalmente a su tía Lulú, tan capaz de dejar todo atrás para salvarla. Sonrió con amargura y se lanzó al vacío.

Abajo las aguas del mar la recibieron y la cobijaron en un abrazo acuoso que terminó para siempre con sus penas y con el maldito energúmeno que un día creyó poseerla para siempre menospreciando su calidad de mujer, su pensamiento, su valentía y su capacidad para no someterse al dictado de sus caprichos.

La espuma de las olas la llevó mar adentro y nunca más se volvió a saber de ella.

Veintiocho

- ¡Así que fue un balazo! Pero ¿quién se lo dio? –interroga el detective al reportero apenas sube al auto.
- Fue con un arma vieja. Un revólver, tal vez de colección, calibre 31. –responde apresurado Miguelito, pues *El Veracruz* ya está arrancando el poderoso auto y todavía tiene un pie afuera.
- ¡Fue el pinche viejo! –Concluye Rodríguez en un arrebato de clarividencia–. ¡Fue el pinche viejo!
- ¿Cuál viejo?
- El anticuario. El viejo de la tienda de la esquina.
- ¡Por supuesto! –comparte Miguelito–. Con razón anoche le tirotearon la tienda… Dicen que últimamente andaba gastando mucho dinero con las putas y que todo lo pagaba en dólares.
- Seguro que también los otros ya lo andan cazando…
- ¿A dónde vamos? –interviene *El Veracruz* que avanza rápidamente sin rumbo definido.
- A casa de la señora Lulú. A ver si ahí la encuentro –la voz del detective refleja preocupación.

Un par de cuadras adelante, una pesada camioneta de vidrios oscuros les da alcance y abre fuego sobre ellos con un pavoroso fusil cuerno de chivo.

El Veracruz se ha anticipado al inminente ataque.

Apenas advirtió la ominosa presencia de la camioneta, ya estaba pensando en cómo sacarle la vuelta y en cuanto vio el cañón del arma asomado por la ventanilla, frenó, giró el volante y se metió atrás de la camioneta, muy pegadito, para ocultarse del ángulo de tiro. Aun así, algunos disparos de la primera ráfaga sacan chispas sobre el cofre del automóvil. La táctica no les sirvió de mucho. La camioneta viene llena de pistoleros y empiezan a disparar desde todas las ventanillas.

- ¡Valiendo madres, llamando al Santo! —recita el detective su mantra favorito en situaciones de peligro, al tiempo que acciona la escopeta cuata que trae a un costado. El abanico de perdigones estrella los vidrios de la camioneta y frena un poco el entusiasmo de los pistoleros.

Los autos zigzaguean en el asfalto chirriando las llantas. La camioneta trata de arrollarlos con la trompa y *El Veracruz* ya no ve la manera de escabullirse. También ha sacado su pistola: avienta tiros junto a una retahíla de insultos y conduce sin aminorar la velocidad ni dejar de hacer piruetas con el carro. Hecho un ovillo sobre el piso del asiento de atrás, blanco como la cera, Valentín marca con torpeza el número telefónico del noticiero de la radio. Preso de los nervios, el teléfono móvil le parece verdaderamente minúsculo y con tanto tumbo del auto apenas si acierta oprimir correctamente el teclado. De rodillas en el piso del auto, Miguelito escribe frenéticamente sobre una pequeña libreta de apuntes, no se percata que su propio sudor, apestoso de miedo, emborrona la escritura apenas termina las palabras. Las balas pasan zumbando al lado de los dos periodistas.

Un certero escopetazo del detective hiere al conductor de la camioneta y le obliga a aflojar momentáneamente la embestida. *El Veracruz* aprovecha la ocasión y da un giro de 180 grados, parando el auto en dos llantas y regresando a todo rugir sobre sus pasos en el sentido opuesto a la circulación. La calle está desierta, los transeúntes han buscado cobijo en cualquier lado y de algún modo han logrado avisar calles arriba para que nadie se acerque al tiroteo. Al advertir que la camioneta también gira para reemprender la persecución, *El Veracruz* tuerce por la primera calle que encuentra y providencialmente desemboca en el mercadito del parque Zaragoza, apenas a unas calles del restaurante de la señora Lulú.

Sin pensarlo dos veces se mete a toda velocidad en el parque y antes de llegar a las canchas de básquetbol, la camioneta los empareja y se reanudan los balazos delante de los aterrorizados deportistas. Milagrosamente nadie sale herido y el mayor daño lo sufre una enorme canasta de volovanes, olvidada a mitad de parque por un vendedor apresurado.

Mientras tanto Valentín logra el enlace con la estación radiofónica y muy pronto la trémula voz de Miguelito inunda los hogares del puerto.

- Para Noticias Puerto Informa, en vivo y a todo color, su amigo Miguel Zúñiga con los pormenores de la balacera del parque Zaragoza, en la colonia del mismo nombre; desde el mismo lugar de los hechos. Es increíble amigos, su servidor se encuentra a bordo de uno de los autos involucrados en el conflicto y es mi deber informarles que nosotros fuimos los agredidos por los ocupantes de una lujosa camioneta negra con los vidrios polarizados, que sin más nos comenzaron a disparar. Estos sujetos, seguramente pistoleros del crimen organizado, ese terrible cáncer que se ha incrustado en nuestra sociedad, nos están disparando desde hace rato; sin duda alguna, sin otro propósito que el de acallar la voz de la prensa y las libertades esenciales de la información, intrínsecas en toda sociedad democrática. Escuchen amigos el trepidar de las armas, el silbido mortal de las balas (aunque lo que más se oye son las interjecciones de *El Veracruz*) ¡La prensa está siendo agredida! El crimen ha sentado sus reales en el Puerto y atacan a plena luz del día sin misericordia alguna por la ciudadanía. Así es, estimados radioescuchas, este grupo de malandros dispara sin ton ni son ¡Y hay niños en las calles! ¡Señoras que vienen al mercado! ¡Honestos comerciantes! ¡Todo mundo está corriendo y busca refugio en donde sea! Pero qué veo. ¡Si! Los policías de la caseta del parque han salido a repeler la agresión. ¡Y también el guardia de la Oficina de Correos! ¡Oh no! ¡Quedamos a fuego cruzado!

Las balas zumban por todos lados, ya han hecho añicos los cristales del auto y las portezuelas lucen tremendas perforaciones. Valentín sangra de una pierna y tiembla sin control acurrucado en el piso. Miguelito está sublimado, presiente que todo el mundo lo está escuchando y no para de narrar los pormenores del incidente en que se haya envuelto. Habla con dramático profesionalismo y con la cabeza tan despejada que incluso proporciona las características del vehículo en que se encuentra para que cese el fuego amigo.

- ¡Vámonos de aquí, cabrón! —ordena el detective durante una brevísima pausa y Moisés enfila el auto hacia la calle, brincando todas las jardineras a su paso. Los pistoleros no pueden seguirlos, gracias a la narración de Miguelito los policías han reorientado sus fusiles, parapetados tras las bancas públicas y de unos tambos de basura que han rodado para protegerse de las balas. Los agentes de la ley mantienen a raya a los gatilleros.

Apenas bajan a la calle, Rodríguez se apea ágilmente del auto y antes de salir corriendo escopeta en mano, le indica a Moisés con resolución paterna.

- Lleva al chamaco al hospital y luego me alcanzas en casa de la señora Lulú.

- Yo también aquí me bajo. –dice Miguelito, uniendo la acción a sus palabras.
- ¿Qué no me va a acompañar? –refuta *El Veracruz* extrañado.
- ¡Compadre! –sonríe Miguelito desde la orilla del parque–. Tengo el Premio Nacional de Periodismo en la bolsa. ¿Tú crees que lo voy a dejar ir? –y parte a toda carrera hacia donde están los balazos.

Con más de cien kilos en su haber (muchos de ellos en la panza), el detective parece deslizarse como una pelota sobre la acera. Va a toda velocidad hacia la fonda de la señora Lulú, pero se detiene bruscamente al ver la puerta abierta y un negro pensamiento invade su alma. Sin pensarlo dos veces, corta cartucho y apuntando hacia adelante se mete a la casa con apresuramiento para darse de bruces con la señora Lulú.

- ¿Qué haces aquí? Te dije que no salieras. –le recrimina con acritud y el resuello entrecortado por la carrera.
- Es que… Vine por unas cosas que necesito. –responde la señora apresurada y sumamente nerviosa, palmoteándose el muslo sin cesar.
- ¿Se puede llegar por la azotea a la tienda del viejo? –pregunta el detective con súbita inspiración, mirando la escalera.
- ¿A la tienda de Don Estuardo? –balbucea aturdida, mirando atónita los pies descalzos del detective y persignándose repetidamente cada vez que se escuchan los disparos en la lejanía.
- A esa misma. ¿Se puede llegar por arriba? –insiste.

- Se puede brincar por la ventana de la recámara –dice con voz nasal, las ganas de llorar le han constipado la nariz–. La tienda de Don Estuardo tiene un tragaluz en la azotea, pero está enrejillado y antes hay que bordear el puesto de tortas que está metido en el zaguán de junto.

- Ahorita vengo –el hombre tiene la voz metálica–. Métete debajo de la mesa y no salgas hasta que regrese. –antes de subir se acerca a la cocina y coge una bolsa de mandado que encuentra colgada de una silla. No se da cuenta que adentro hay un racimo de plátanos. La señora Lulú piensa que está loco.

Veintinueve

Don Estuardo no hizo el menor caso a la cortada que tenía en el brazo. De abajo del gobelino de caballos árabes sacó el codiciado maletín de médico y con un alborozo que sonrojó sus mejillas, contempló su interior repleto de billetes de cien dólares. Sin pérdida de tiempo se dirigió nuevamente al tragaluz por donde había entrado. Puso un banco alto para alcanzar las varillas retorcidas, justo en el momento que escuchó el enfrenón de un carro a las puertas de su negocio. Sonrió con desprecio y pensó dejar atrás los compinches de Sancho que tardíamente le habían descubierto; trepó al banco con agilidad y puso la maleta en el suelo de la azotea para ayudarse a subir con las dos manos. Nunca imaginó que arriba estaba el detective Rodríguez, quien de un solo zarpazo arrebató su preciado tesoro apenas puso la maleta arriba.

Acuclillado en la azotea, el detective cambió con celeridad el contenido de la maleta a la bolsa de mandado que había cogido en la cocina de la señora Lulú y fue en ese momento cuando descubrió el racimo de plátanos que llevaba consigo. Sonriendo con malicia, rellenó la maleta con los plátanos y la arrojó por el hueco del tragaluz donde empezaba a asomarse la cabeza de don Estuardo. Para el viejo la sorpresa fue mayúscula, tan grande que perdió el equilibrio, se vino abajo del banco en el que estaba trepado y cayó estrepitosamente sobre el duro pavimento de la trastienda, con el hueso de la cadera hecho polvo y las ilusiones rotas en la promesa de un idilio tropical. Todavía le dio tiempo de ver, entre lágrimas de frustración, como los sicarios entraban a la tienda, le arrebataban el petaquín de médico tan codiciado y lo cosían a balazos sin ninguna misericordia.

Treinta

Si hay un vino que el detective Rodríguez aprecia con arrobamiento está precisamente delante de él. La botella de *Sauternes* navega entre hielos dentro de una elegante cubeta de cristal cortado y destella reflejos dorados a la luz ambarina de la tarde. Junto a ella, un bloc de *foie gras* reposa armónico sobre un brillante plato de porcelana blanca, asentado en una mesa de jardín con vista al mar. Rodríguez sorbe el vino y lo entretiene en la boca, llenando sus papilas gustativas con los suaves azúcares frutales de la bebida. Después lo traga lentamente, como si aún pudiera paladearlo con el esófago.

Más adelante de la punta de sus zapatos, apoyados en un mullido taburete, está la piscina de aguas límpidas cuyos bordes se confunden contra el horizonte del mar, abierto prodigioso frente a él con sus azules más allá de lo que sus ojos pueden mirar. Con un dejo de glotonería decide atacar la exquisita vianda cortando delgadas láminas de paté. Las monta en una rebanada de pan tostado pero una voz profunda y educada interrumpe su intento de degustación.

- Si gusta le puedo enviar una caja. –ofrece un atildado caballero de años maduros, sentado en un sillón de mimbre no muy lejano al detective.

Rodríguez mira dubitativo entre el *Sauternes* y el *foie gras*
- Tiene usted razón –sonríe el caballero–. Una cosa no va sin la otra. Le mandaré una caja de cada uno.

El detective no responde. Tiene la boca llena. Sin embargo, agradece el ofrecimiento mostrando a su anfitrión el dorso de la mano izquierda, elevando su brazo hasta la altura de los hombros, tal y como los políticos mexicanos hacen cuando agradecen el aplauso de las multitudes desde un templete de madera. Sin perder la sonrisa, el caballero bebe de su copa y con un gesto corto y contundente afirma la calidad de la bebida.

- A final de cuentas somos hombres de negocios. –reflexiona, vuelve a sonreír y su cara se llena de finas arrugas. Viste un "coordinado" color paja con pretendida elegancia tropical. La camisola va por fuera con bolsas de parche adelante y al pantalón le adorna una línea rectísima al frente–. Hombres de negocios... quizá un poco más violentos que otros, aunque de cualquier modo, ¿qué hombre de negocios no es violento? Nos llaman tiburones. – filosofa mientras enciende un grueso habano–. En los negocios no hay piedad. Somos la cúspide de los depredadores; sin embargo, conservamos el sentido del humor: ¡lo del maletín con plátanos fue una broma extraordinaria!

- Pensé que iba a platicar con El Señor. –sonríe el detective al recordar el episodio de los plátanos y muestra al cielo su copa vacía. Un mesero presuroso la llena de nuevo.

- El Señor es un encumbrado personaje político y por la seguridad de usted, señor Rodríguez, evitamos este tipo de reuniones. Eso no quiere decir que no esté sumamente agradecido y haga un merecido reconocimiento a su valía.

- Pero, esta es su casa ¿verdad?

- Es una de sus residencias. Dígame ¿Qué podemos hacer por usted?

- Por mi nada. –Rodríguez está dispuesto alargar la conversación hasta el final de la botella de vino–. Tengo lo que necesito. –añade y al decirlo sin querer su pensamiento evoca a la señora Lulú. Una chispa ilumina su mirada y no pasa desapercibida a su elegante anfitrión. El caballero sonríe complacido al descubrir un lado flaco del generalmente impenetrable detective.

- Es usted un hombre afortunado, señor Rodríguez, pues no cualquiera puede hacer esa afirmación. En mi mundo somos muy ambiciosos aun los que ni siquiera saben lo que quieren. Ya ve los chamacos de hoy en día, pregonan que prefieren vivir cinco años como reyes y no cincuenta como bueyes. No se les cumple ni lo uno ni lo otro pues nacen, crecen y mueren en una rotunda pendejez bañada en sangre; bueno... al menos los que conozco. – esta vez el caballero se para a servir una nueva ronda de vino y con el gesto ordena otra botella– pero estoy seguro que encontraremos un modo de colaborar con usted –se toma el tiempo para untar sobre un triángulo de pan tostado un par de rebanadas de *foie gras*– . No es por el millón de dólares, créame, sino por el gesto de devolverlo. Usted es de las personas de quien menos sospechamos. Tranquilamente se hubiera embolsado una considerable fortuna.
- No lo creo pues de todas maneras ya me andaban siguiendo. Además, para mí es mucho dinero; las tentaciones vencen y eso tarde que temprano se nota, ya ve lo que le pasó al viejo: ¡no pudo resistir la tentación! –la posibilidad de una segunda botella de *Sauternes* le anima más que el reconocimiento de un encumbrado capo de la mafia–. Pero hay algo que si me gustaría pedirle.
- Usted dirá.
- Se trata de la señora Lulú. No tuvo nada que ver con el dinero y solamente quiere vivir en paz.

- Sí, ahora que las cosas están claras... Como le decía, somos hombres de negocios, ¡muy estrictos!, y no soportamos que tomen tajada de lo nuestro, pero fuera de eso no nos metemos con nadie. —Vuelve a sonreír afablemente y de manera comedida dibuja en los ojos una señal de complicidad.

El gesto no sorprende al detective. Desde que tuvo el primer encuentro violento con los sicarios en el restaurancito de la señora Lulú, tendió discretos enlaces con los altos mandos de la mafia local tratando de salvaguardar su integridad física y la de su clienta. No esperaba mucho y no le prometieron gran cosa: La mayoría de los pistoleros son sicópatas irredentos difíciles de contener una vez que van sobre alguna presa. Viven en charcos de sangre y creen que eso es el gozo de la vida. Tenemos muchos perros rabiosos, le advirtió el mismo caballero que ahora se encuentra frente a él. Lo conoce de viejos tiempos pues se criaron en el mismo barrio porteño, cerca del centro de la ciudad, rumbo a la zona norte de la plaza de armas; ahí abundan todavía antiguas construcciones de muros gruesos, techos altos, habitaciones amplias y calles apacibles con almendros en sus banquetas que dan sombra, hojarasca y frutos amargos.

Rodríguez apenas era un chamaco que gustaba holgazanear en la calle y el hombre frente a él ya era todo un guapo que se dedicaba al contrabando de las mercaderías de los barcos que atracaban en el puerto. La vida del detective se ha caracterizado por discurrir sobre la frágil línea de lo que es legal y de lo que es costumbre de supervivencia en los barrios populares. Así ha construido su capital social, conoce a los buenos y a los malos, a los sinceros y a los hipócritas, sabe de los pecados de más de uno y lo escaso de virtudes que campean en el género humano. Nada le sorprende tan fácilmente después de tanto correr la vida, está acostumbrado a la súbita piedad de un asesino o la intolerancia permanente de una beata de la iglesia que fundamenta su intransigencia en un supuesto amor a Dios.

Una tercera botella aparece. El gusto azucarado del vino empieza a empalagar el paladar del detective y su mente divaga con imágenes de gansos torturados, obligados a comer para desarrollar hígados enormes. ¡Qué demonios! No todo los días se puede conversar con un Señor de la Muerte, inmiscuirse en sus pensamientos y en su forma de ver las cosas. Sabe que no compra nada y que a los cinco minutos de su partida, el caballero que ahora sonríe puede ordenar su ejecución sin que le tiemble una sola de sus cuerdas bucales.

Pero la vida es una apuesta permanente de circunstancias cambiantes. Nada es estático. Todo es un asunto de perspectiva. Lo que ayer fue bueno hoy es malo. Lo que antes no importaba ahora pesa demasiado. Sólo queda el momento y una conversación amena.

- Tal vez algún día se regularicen este tipo de negocios. –Rodríguez se relaja, piensa en el trasiego de drogas y lo inútil de sus prohibiciones.

- Difícilmente. –el otoñal caballero parece disfrutar realmente la plática con el detective, su posición de privilegio también es de soledad. Desde su altura de mando hay poco espacio para intercambiar opiniones. Hacia arriba tiene un señor que ordena, hacia abajo todos obedecen. No hay iguales. Recargado en la tumbona de mimbre parece completamente relajado envuelto en una aromática nube de tabaco–. Este tipo de negocios son muy buenos para dejarlos salir de las sombras. En la oscuridad radican las ganancias, por eso le llaman giros negros. El poder y la fortuna, mi estimado, se sostienen en tres pilares inamovibles: la religión, la política y el comercio; y están integrados más de lo que usted se imagina.
- La política y el comercio es obvio su maridaje, sobre todo en las drogas.
- La prohibición es una arbitrariedad que deja mucho dinero.
- No estoy seguro de la relación entre las drogas y la religión. Bueno, en sí la cita marxista dice que la religión es el opio de los pueblos y por lo tanto es una droga; pero fuera de eso...

Ambos ríen y por un momento parece que fueran amigos. El anfitrión retoma la conversación con su voz profunda

- Claro que sí influye en los negocios o cuando menos los justifica, los hace tolerables; la religión no impulsa el consumo de estupefacientes. Eso ya está en la naturaleza humana. El hombre siempre ha buscado una ruta de escape, un medio para huir de sus rutinas asfixiantes. Ese es el propósito de las drogas: la evasión. La mujer es otra cosa y ahí sí influye la religión. –Se arrellana en el sillón y exhala una gran bocanada de humo azul–. La mujer guarda un papel secundario y utilitario en todos los cultos religiosos dominantes, por lo tanto es manipulable, desechable y despreciable. Vea usted los representantes de las tres grandes religiones: Jehová, Alá, Jesucristo. ¡Todos son machines! Los grupos fundamentalistas tienen esclavas sexuales, el harem continúa vigente entre los hombres poderosos. ¡Hasta Cristo tenía su puta! Al menos es lo que se dice. Además, ¿qué culpa tenemos nosotros? Las chicas de nuestros centros nocturnos vienen huyendo de su miseria y a la clientela que nos frecuenta lo único que le interesa son sus propias calenturas… La satisfacción de sus sentidos básicos. ¡Oferta y demanda, mi estimado! La regla primordial del comercio. Como le digo, ¡somos hombres de negocios!

Las pontificaciones del capo empiezan a resultar indigeribles para el detective; en tanto a el elegante caballero parece ahora invadirle la nostalgia.

- Ya no hay valores, señor Rodríguez. Ya no hay respeto. Los jóvenes de hoy lo quieren todo de inmediato. ¡Peladito y en la boca! Sin ninguna clase de esfuerzo, por eso se venden con tanta facilidad… ¡hombres y mujeres!, y con cualquier pretexto… ¡Putas y pistoleros!

- Y ustedes aprovechan la oportunidad.

- Veo que usted entiende nuestro punto de vista –sonríe complacido y se levanta del cómodo sillón dando por terminada la entrevista–. Visítenos en nuestros negocios –añade de buen humor– le prometo cortesías exclusivas. ¡Ah!, y no piense solamente en los giros negros, también tenemos restaurantes para grandes gourmets como usted.

- Agradezco la invitación–. Sonríe el detective y mientras le da la espalda aprieta los oídos para no escuchar si le sorrajan la cabeza.

Treinta uno

Caminando entre antiguas tumbas totonacas la señora Lulú otea la mar. Lleva el semblante sereno y la mirada reposada, al igual de quien sale de una enorme pena o convalece después de una grave enfermedad. A pesar de cierto aire de cansancio en los pasos calmos conque avanza, se nota una mujer fortalecida, un espíritu que ha sorteado grandes obstáculos y que ha afrontado terribles pérdidas… pero las cosas ya sucedieron y ahora tiene que seguir hacia adelante, con la mirada serena y el corazón libre de amargura. Cerca de ella, por su costado izquierdo, el chamán de *Pescadito de a un Lado* canturrea antiguos salmos en lengua mexicana; del lado derecho se yergue solitario el cerro de los metates y al frente se abre el mar ante sus ojos.

La señora Lulú intuye que cerca de ahí descansa Mercedes, sabe que reposa en el lecho del mar aunque desconoce el sitio exacto donde yace. Se lo ha dicho el corazón y también los sueños en que aparece su imagen serena. La niña está bien, ha confirmado don Laureano el curandero y con sus cantos hace una ceremonia de despedida.

- Pudo ahuyentar al malo, lo sacó de su vida aunque le costó la propia. Fue muy astuta al traerlo aquí –enfatiza con admiración– donde duermen el sueño eterno los hombres antiguos, aquellos que pudieron confinar el malvado espíritu que atormentó a Mercedes; pero ella supo engañarlo y traerlo a un lugar donde su poder menguaba. Ella ganó. –reseña el anciano como si hubiera estado ahí en el momento en que sucedieron las cosas. Sonríe y sigue cantando–. Ella está en paz.

Algunos metros atrás, el detective Rodríguez y su secretario Moisés Vera Cruz se encuentran recargados en el costado del viejo Lincoln continental. Ambos toman cerveza de lata, lucen desaliñados y los visitantes de la zona arqueológica procuran darles la vuelta: su aspecto hosco, las ventanas estrelladas y los agujeros de bala en la carrocería de su enorme automóvil no son buenas señales. Ni siquiera los guardias del sitio se atreven a recriminarles, aunque tampoco su comportamiento es escandaloso. Llevan viajando varias horas pues tuvieron que ir a buscar al chamán hasta su pueblo, para darle a Mercedes una digna despedida. Yo sé dónde está mi niña, dijo con vehemencia la señora Lulú y el detective le creyó.

La última pista escrita con sangre decía *Kiahuiztlan* y para allá fueron: al cementerio de los antiguos al borde del mar; porque ella tenía la certeza del sitio y los condujo hasta la zona arqueológica sin ningún titubeo, a pesar de que nunca había estado en ese panteón de los antiguos totonacas.

Han llevado flores blancas y el curandero las arroja con dulzura en la espuma de las olas; por un momento interrumpe el ritual al sentir sobre su persona una mirada curiosa: son los ojos del antropólogo que observa con gesto profesional el ritual mortuorio de don Laureano y por un instante se establece un signo de comprensión entre los dos desconocidos.

Martín lleva de la mano a la doctora Leticia Robles, ambos han ido en busca de una explicación que nunca encontrarán. Mientras don Laureano sigue arrojando flores al mar, la señora Lulú, el detective Rodríguez, *el Veracruz*, la doctora Robles y el antropólogo, se alinean a los lados del curandero y contemplan el horizonte. No se conocen entre ellos y no saben que participan del mismo duelo. Poco a poco la corriente marina lleva las flores mar adentro, donde ahora reposa la niña Mercedes, la que pudo vencer el mal.

FIN

Made in the USA
Middletown, DE
07 March 2023

26247109R00090